Heide-Marie Lauterer

MÖRDERISCHER ROLLBACK

REITERKRIMI
spiritbooks

Das Werk, einschließlich aller seiner Teile, ist urheberrechtlich geschützt. Jede Verwertung ist ohne Zustimmung des Verlages und der Autorin unzulässig. Dies gilt insbesondere für Vervielfältigungen, Übersetzungen, Mikroverfilmungen und die Einspeicherung und Verarbeitung in elektronischen Systemen.

© 2021 Heide-Marie Lauterer · www.heide-marie-lauterer.de
Verlag: spiritbooks · www.spiritbooks.de · 70771 Leinfelden-Echterdingen
Satz & Layout: Gabi Schmid · www.buechermacherei.de
Covergestaltung: OOOGRAFIK · www.ooografik.de
Illustrationen/Grafiken: vectors seamartini; #171255882, #397629519 AdobeStock

Druck und Vertrieb: tredition GmbH, Halenreie 40–44, 22359 Hamburg · www.tredition.de

978-3-946435-97-6 (Paperback)
978-3-946435-10-5 (e-Book)

Everything is connected in some way or another.
(David Lynch)

Es gibt keine Zufälle.
(David Lynch, Lost Highway)

Rollback

„Mehr Tempo, Vera! Lass ihn galoppieren!"

Wir galoppierten und atmeten mit dem Wind. Ich musste nichts tun, ließ mich von meinem Pferd tragen, breitete die Arme aus und begann zu fliegen. Mich ergriff eine unbekannte Leichtigkeit. Alles war möglich, ewig so weiterreiten, bis in den Himmel und darüber hinaus.

„Whoa! Stopp!" Ich streckte die Beine aus, oder dachte ich es nur? Meine Trainerin Iris brach in Begeisterungsstürme aus: „Genial! Das hättest du sehen sollen, Vera, einfach genial!"

Was hätte ich denn sehen sollen? In diesem Windsgalopp?

„Ein toller Stopp! Nächstes Jahr geht ihr zusammen auf die DM!"

Die Deutsche Meisterschaft? Alles Paletti und ich? Hatte ich richtig gehört? Iris übertrieb doch wieder einmal maßlos! Sie wollte mich motivieren, mein Selbstbewusstsein aufbauen, gegen mein kritisches inneres Gemeckere ankämpfen: *Für die Deutsche Meisterschaft fehlt uns noch einiges – der Stopp ist nicht alles. Da gibt es noch den Slide, den Rollback, den*

Spin und was-weiß-ich-noch-alles. Und in meinem Alter? Ich gehe so langsam auf die 40 zu. Es war ja nicht zu überhören.

Iris riss mich aus meinen Gedanken. „Galoppiere noch mal an, aus dem Schritt", sagte sie. Und ich hatte angenommen, wir seien für heute fertig! Ich straffte mich, fragte Alles Paletti nach Galopp, und er sprang an. „Und jetzt durchparieren zum Schritt und dann Back up." Rückwärtsrichten, einfach nur denken, oder lieber nicht denken, einfach nur zurück. Auch das gelang wie am Schnürchen.

„Lass die Zügel ganz lang, genug für heute", sagte Iris. „Das nächste Mal kommt der Rollback dran. Du kannst dir die Übung schon mal einprägen – mentales Training, gleich morgen nach dem Aufwachen! Ich erklär's dir. Alles Paletti kann ja alles, oder fast alles. Er lernt schnell."

Als ich den Sattelgurt lockerte und den langen Lederriemen zu einer Krawatte schlang, klangen Iris` Worte in mir nach. Galoppieren, Beine ausstrecken, stoppen und aus der Stoppbewegung heraus eine 180°-Drehung um die Hinterhand. Dann auf der anderen Hand weiter. *Rollback.* Schnell und flüssig, dass kaum Übergänge zu sehen sind, und das Pferd in seiner eigenen Spur zurückgaloppiert. Ich sah alles genau vor mir. Ging doch, oder? Für den Bruchteil einer Sekunde durchflutete mich ein prickelndes Glücksgefühl, das mich immer packte, wenn uns eine Übung gelungen war. „Wir schaffen es", flüsterte ich Alles Paletti ins Ohr und strich ihm über die Mähne. Gleich morgen würde ich anfangen: Augen aufschlagen und anfangen. Und dann schnell noch eine Tasse Kaffee und ab in den Stall. Satteln und richtig anfangen.

So hätte es weitergehen können, doch das wäre eine andere Geschichte geworden. Eine ganz andere. Ich musste eine andere Bedeutung von Rollback kennenlernen und feststellen, dass sie ziemlich wenig mit Glück zu tun hatte.

Vor der Sattelkammer wartete Tom auf mich, der Pächter des Leierhofs. „Kennst du den Mann?", fragte er und deutete mit dem Kopf in Richtung Hoftor.

„Welchen Mann?" Meistens konnte ich mir einen Reim auf Toms übergangslos gestellte Fragen machen, aber in diesem Augenblick wusste ich wirklich nicht, wen er meinte. Aber da fiel es mir wieder ein. Der Typ am Hallentor, der gerade, als wir unseren Stopp hingelegt hatten, wie ein Schatten vorbeigehuscht war? Jemand, der mich beobachtet und sich dann schnell weggeduckt hatte?

„Da hat vorhin einer nach dir gefragt. Keine Ahnung, vielleicht will er dein Showpferd kaufen?"

„Mein Showpferd kaufen?" Alles Paletti? Nines erstes Fohlen, meinen quirligen kleinen Hengst, den wir kurz AP riefen? Schon wahr, Iris wollte ihn zum Westernpferd ausbilden, aber von Verkaufen war nie die Rede gewesen und von ‚Show' schon gar nicht, und wenn, dann hätte ich mich mit Händen und Füßen dagegen gesträubt.

„Wie kommst du auf so eine Idee?" Es kam mir wie Verrat an AP vor und ich hoffte, dass er nicht zugehört hatte. Sicher war ich mir nicht, denn er bekam immer irgendwie alles mit, wenn es um ihn ging.

„Hast ja recht, never change a winning team, stimmt's?", sagte Tom augenzwinkernd. „Vielleicht wollte der Typ auch nur beim Training zusehen und ist wieder gegangen, als ihr fertig wart."

„Dann muss er halt bis zum nächsten Mal warten, Iris fährt heute wieder ins Jura zurück."

Es sollte kein nächstes Mal geben. Bevor wir den Rollback üben konnten, dauerte es noch eine ganze Weile. Vorher erwischte er mich im wirklichen Leben. Es war, als hätte mich eine unsichtbare Hand irgendwo hart abgesetzt und in eine andere Richtung getrieben. Bei meiner abrupten Wendung ging einiges zu Bruch, ich konnte nichts tun, als die Scherben aufzusammeln und die Erzählsplitter zu einer Geschichte mit Anfang und Ende zu ordnen.

Mit dem Job fing es an. Mein Vertrag wurde wieder einmal nicht verlängert, diesmal war es endgültig. Mit dem Arbeitslosengeld konnte ich die Box für Alles Paletti und für Nine auf dem teuren Leierhof nicht mehr stemmen. Nine stand glücklicherweise noch bei Iris im Schweizer Jura, ihr drittes Fohlen würde im Herbst zur Welt kommen, dann wollte ich sie wieder zurückholen. Bis dahin musste ich natürlich die Miete für ihre leere Box auf dem Leierhof bezahlen und das war ein ganz netter Batzen. Meine Pferde, meinen Job, das regelmäßige Gehalt, all das hatte ich für feste, unverbrüchliche Bestandteile meines Lebens gehalten. Doch plötzlich war es nichts als ein schöner Traum, der wie eine Seifenblase zerplatzte.

Leider war das noch nicht alles und nicht einmal das Schlimmste. Aller guten Dinge sind drei, unkte mein Kollege Helmut, und genauso kam es. Das dritte ‚Ding' war alles andere als gut, denn es betraf Gerson.

Gerson, mein Lebenspartner und bester Freund, der zu mir stand in guten und in schlechten Tagen bis zu diesem

Zeitpunkt zumindest. Er war der einzige, für den ich im Restaurant ohne zu fragen etwas von der Speisekarte hätte auswählen können und es hätte ihm geschmeckt. Auch damit war es jetzt vorbei.

Sein Geständnis traf mich wie ein Blitz in schwarzer Nacht, obwohl ich mir eingestehen musste, dass sich die Katastrophe schon länger angekündigt hatte. Ich hatte die Zeichen einfach nicht erkannt. Die Neue hieß Cora, sie wollte ein Kind von ihm, Pferde ließen sie kalt, das änderte alles.

Sie war Gersons Assistentin, zehn Jahre jünger als ich, klein und pummelig, aber unglaublich schlagfertig und witzig. Ein Kind, hämmerte es hinter meinen Schläfen. Gerson und ich hatten uns nie ernsthaft Gedanken über eigene Kinder gemacht, und wenn er das Thema ein- oder zweimal angeschnitten hatte, dann hatte er es schnell wieder fallen lassen. Doch jetzt musste ich mir eingestehen, dass ich ihn nie nach seinen Wünschen gefragt hatte. Ich hatte ganz selbstverständlich angenommen, dass er meine Pferdeleidenschaft verstand, weil ihm klar war, dass die Pferde bei mir an erster Stelle standen.

Auf einmal fügte sich eins zum anderen: Seine langen Fotosafaris in der Camargue, die Anrufe zu allen möglichen und unmöglichen Tages-und Nachtzeiten, seine plötzlichen Aufbrüche, wenn wir gerade die vorletzte Flasche Ulisses Lima öffnen wollten. Zugegeben, was unsere Verabredungen anging, war ich auch nicht gerade zuverlässig gewesen; Nine hatte nur zu oft unsere gemütlichen Abende durcheinandergebracht, weil sie eine Kolik oder Husten hatte und ich im Stall auf den Tierarzt warten musste. Wenn ich weg musste, kümmerte er sich um Maxi. Nicht nur, weil er sich verpflichtet fühlte, sondern weil er es gerne tat und die beiden sich mochten.

Sie war elf, als sie zu uns kam. Eigentlich hieß sie Jaqueline, ein Name, den sie hasste, weil sie alle Leute auf dem Leierhof und in der Schule ‚Schackeline' riefen. Sie nannte sich Maxi, eine kleine, stämmige Person, mit dunklen, mandelförmigen Augen, die ihr in manchen Situationen einen schlangenartigen Ausdruck verliehen. Wenn sie jemand mit ihrem richtigen Namen ansprach, antwortete sie nicht, bis die Leute sie Maxi nannten und Schackeline für immer vergaßen.

Ihre Mutter war Alkoholikerin, sie schickte ihre Tochter zur ‚Tafel' zum Einkaufen, ließ sie stundenlang den Hausflur schrubben oder sperrte sie wegen des kleinsten Vergehens in den Keller. Das ließ sich Maxi nicht gefallen, sie entwischte durch das Kellerfenster und flüchtete zu uns in den Stall. Dort fand ich Nine und sie eines Abends aneinandergeschmiegt im Stroh liegen. Von da an kam Maxi regelmäßig, striegelte Nines Fell, kratzte ihre Hufe aus, putzte sogar freiwillig das Sattelzeug. So lange, bis ich ihr Reitstunden gab. Von da an gehörten wir drei zusammen.

Eines Tages stand sie mit ihrem Rucksack vor unserer Wohnungstür. „Kann ich heute Nacht bei euch schlafen?" Ihre Mutter hatte in einem Wutanfall die ganze Wohnungseinrichtung zertrümmert; die Nachbarn hatten die Polizei gerufen; sie wurde in die Psychiatrie eingeliefert und später zur Entziehungskur geschickt. Maxi hatte erst am nächsten Tag von dem Zusammenbruch ihrer Mutter erfahren, weil sie bei Nine, die einen schlimmen Husten hatte, im Stall übernachtete. Das war ihr Glück, denn wenn sie zuhause gewesen wäre, wäre sie vermutlich gleich im Heim gelandet. Aus einer Nacht wurden zwei, dann drei – sie blieb eine ganze Woche und dann war klar, dass ihre Mutter so bald nicht wieder zurückkäme.

Maxi wurde unsere Pflegetochter. Wir richteten für sie unser kleines Gästezimmer her, das den Anforderungen des Jugendamtes entsprach. Es war ihr erstes eigenes Zimmer, das sie sich so gestalten durfte, wie es ihr gefiel. Gerson schenkte ihr eine kleine Kamera und brachte ihr das Fotografieren bei, sie tapezierte die Wände mit selbstgeschossenen Fotos von Nine und später auch von Alles Paletti. Sie sog alles gierig auf, was wir ihr boten – abends nach der Arbeit spielten wir zu dritt Federball auf der Neckarwiese oder machten Fahrradtouren am Neckarufer entlang. Manchmal packten wir ein Picknick ein und wanderten auf den Heiligenberg zur Michaelsbasilika. Wenn wir zusammen Nines Box ausmisteten oder Jakobskreuzkraut auf der Koppel ausrissen, erzählte ich ihr Geschichten aus meiner Kindheit; so wuchsen wir mehr und mehr zusammen und jeder, der uns sah, hielt uns für eine richtige Familie.

Vielleicht hatte es damals schon angefangen, ganz sicher sogar, aber das hatte ich einfach nicht bemerkt.

Ich wünschte Cora zur Hölle, nannte sie insgeheim eine dicke, dumme Pute und reihte ein Klischee ans andere. Sie war nicht einmal Reiterin! Aber was hätte das geändert? Bestimmt nichts. Gerson zog Hals über Kopf aus unserer gemeinsamen Wohnung aus, weil er für Cora und sich eine neue Wohnung gemietet hatte. Fahrten zu Ikea, Kinderzimmer zusammenbauen, Schwangerschaftsyoga, mir wurde schlecht bei dem Gedanken. Als er seine Habseligkeiten ausgeräumt und seine Bücher, Fotos und Kameras von den Regalen genommen und mir seinen Schlüssel ausgehändigt hatte, sagte er: „Wir bleiben in Verbindung, Vera." Ich schluckte meine Tränen hinunter und schwieg. Er schaute mich kurz an, ich bekam Herzklopfen, es war mir, als ob er mich umarmen wollte, doch er sagte: „Du hast doch Nine und Alles Paletti", drehte sich um, kam noch einmal zurück und fügte hinzu: „Und Maxi."

Er hatte es so dahingesagt, um mich zu trösten, und er hatte recht. Ich hatte Maxi. In der Zeit nach der Trennung wuchsen wir noch mehr zusammen. Wir fanden eine kleinere, günstige Wohnung in einem idyllisch gelegenen Gartenhäuschen am Rande des Odenwalds. Wir durften den verwunschenen Garten mit seinen alten Holunder- und Fliederbüschen pflegen und im Herbst Äpfel und Quitten ernten und den Rasen mähen. Maxi war begeistert. „Wir ziehen unser eigenes Gemüse", sagte sie. Sie ernährte sich hauptsächlich von Grünzeug und Gemüse und arbeitete sich allmählich in vegane Sphären vor. Sie musste jetzt jeden Morgen um 6 Uhr aufstehen, fuhr mit dem Bus zur Schule nach Weinheim und war eine Stunde unterwegs. Freitags nahm sie an den ‚Future Demonstrationen für den Klimaschutz teil, was ihr ermöglichte, länger im Bett zu bleiben. Sie kam jetzt nur noch einmal in der Woche zu Alles Paletti, weil der Leierhof zu weit von unserer neuen Wohnung entfernt lag.

Wenn wir beide abends zu Hause waren, machten wir es uns auf dem Sofa gemütlich. Maxi kuschelte sich in eine

Decke, ich setzte mich zu ihr, sie hielt mir ‚Die Abenteuer des Tom Sawyer' unter die Nase, die sie beim Auspacken meiner Bücherkiste entdeckt hatte. „Lies mir was vor!"

„Tom – keine Antwort. Tom! – Tiefes Schweigen. Möchte wissen, wo der Bengel wieder steckt! To-om!" Die Stelle wurde bei uns zum geflügelten Wort; wenn ich Maxi im Stall oder sonst wo suchte oder sie mich, riefen wir zum Spaß ‚Tom!' Und wenn sie oder ich nicht gleich auftauchten, fügten wir hinzu: ‚Tiefes Schweigen', was uns regelmäßig zum Lachen brachte. An diesen Abenden verwandelte sich Maxi in das kleine Mädchen, das sie bei ihrer Mutter nie hatte sein dürfen.

Dass sie nicht wirklich zufrieden war und ihr der tägliche Umgang mit Alles Paletti fehlte, konnte ich gut verstehen. Immer öfter erzählte sie mir, was sie nach ihrem 16. Geburtstag alles machen wollte. Erst einmal fieberte sie ihrem 14. Geburtstag entgegen. Dann wären es nur noch zwei Jahre bis 16 und dann finge das an, was sie das ‚richtige Leben' nannte. Sie hatte sich über ihre neuen Rechte informiert und wollte spätestens einen Tag nach ihrem Geburtstag nach Amerika fliegen um auf einer Working Ranch zu arbeiten, den ganzen Tag im Sattel sitzen und den Cowboys helfen. Abgesehen davon kam sie jede Woche mit neuen Ideen, die immer abenteuerlicher wurden. Das letzte Mal hatte sie auf einem Rettungsschiff im Mittelmeer anheuern und Ertrinkende aus dem Meer fischen wollen. Und davor hatte sie sich auf einer Alm in den Schweizer Bergen zusammen mit den Tieren einschneien lassen wollen. Oder sie wollte sich einer radikalen Tierschutzgruppe anschließen, die eingepferchte Schweine befreite. Maxi liebte Geschichten, da waren wir uns ähnlich.

Mir blieb nichts anderes übrig, als mich mit meiner traurigen Lage abzufinden. Und das bedeutete zuerst einmal Arbeit und noch einmal Arbeit, was mich immerhin davon abhielt, mich in meinem Elend einzurichten.

Ich nahm alle möglichen Aufträge als Ghostwriterin an, schrieb Bachelor-Arbeiten für alleinerziehende Studentinnen oder die Lebensgeschichten reicher alter Leute, die vor Eitelkeit platzten und nicht wussten, wohin mit ihrem Geld. Nach Feierabend schrieb ich manchmal auch kleine Geschichten, in denen ich meiner Phantasie freien Raum ließ. Sie handelten meistens von Reiterinnen, die sich durch irgendwelche Zufälle und Schicksalsschläge in ihren kühnsten Träumen wiederfanden. Eine von ihnen wurde von einer Nomadenfamilie in Kasachstan adoptiert und ritt mit ihnen durch die Steppe von einem Weidegrund zum anderen. In einer anderen erbte die Protagonistin sehr viel Geld von einem entfernten Verwandten, der auf einer Kreuzfahrt im Swimmingpool ertrank. Mit dem Geld erfüllte sie sich einen Lebenstraum: Sie baute ein Reitzentrum auf und heiratete ihren 20 Jahre jüngeren Reitlehrer. Zugegeben, die Geschichten waren nicht besonders originell, doch sie boten mir kleine Fluchten, die mich für die Zeit des Schreibens meine ausweglose Lage vergessen ließen. Ich schickte die Geschichten an alle möglichen Wettbewerbe, und hoffte jedes Mal aufs Neue auf einen kleinen Geldpreis, ich erhielt jedoch nie eine Antwort, nicht einmal eine Eingangsbestätigung.

Nebenbei machte ich eine Online-Ausbildung zur Privatdetektivin. Die Idee, mit dem Schnüffel-Job Geld zu verdienen, ließ ich bald wieder fallen. Ich hatte keine Lust den Rest meines Lebens in Kaufhäusern hinter Vorhängen von Umkleidekabinen herum zu stehen und Mädels in Maxis Alter beim Klauen zu erwischen. Der Basiskurs ‚Grundbegriffe' war trotzdem hilfreich. Ich lernte neue Recherchemethoden kennen und bewegte mich problemlos im Darknet, was meinen Geschichten Pfiff gab. Manchmal konnte ich sogar eine Geschichte an die Tageszeitung verkaufen.

Ohne meinen ‚nine to five'-Bürojob konnte ich mir immerhin meine Arbeitszeit frei einteilen. Für eine Pferdefrau wie mich war das ein entscheidender Vorteil. Im Grunde hätte ich jetzt viel Zeit für meine Pferde gehabt, doch nun fehlte mir das nötige Kleingeld für mein teures Hobby. Ich musste an Gerson denken, der immer, wenn er wütend auf mich war, sagte: ‚Reiten ist entweder ein Sport für Aristokraten mit Dienerschaft oder für Millionärinnen'. Dass darin ein Fünkchen Wahrheit lag, musste ich inzwischen zugeben. Ich gewöhnte mir an, meine Teebeutel zweimal aufzubrühen, aber das stopfte die Löcher in meinen Taschen auch nicht.

Iris goss Öl auf meine Wunden. „Maxi ist begabt, ein Naturtalent, wir sollten sie unbedingt fördern. Ich würde sie gern auf meinen Hof mitnehmen. Ich fange bald ein Sozialprojekt mit Jugendlichen an, da könnte sie Reitstunden geben."

„Iris!" Ich versuchte ja alles um unsere miese Situation zu ändern, hatte sogar angefangen im Lotto zu spielen, doch Iris' Vorschlag half uns bestimmt nicht weiter. „Das verrate ich ihr lieber nicht", sagte ich. „Sie ist imstande und schmeißt hier alles hin. Sie muss zumindest die Mittlere Reife machen."

Maxi traf Gerson regelmäßig in der Stadt in einem Café, oder bei den Fridays-for-future-Demos, die er als Fotojournalist begleitete. Ich wusste, wie wichtig diese Treffen für sie waren; wenn sie zurückkam, sprühte sie vor guter Laune, doch ich verbot ihr, mir etwas davon zu erzählen.

Bald musste ich feststellen, dass alle meine Sparmaßnahmen nichts brachten, ich vergaß die Teebeutel und brühte meinen Tee wieder nur noch ein Mal auf. Meine Schreibarbeiten brachten kaum etwas ein, und die Boxenmiete für AP und Nine auf dem Leierhof verschlang meine Ersparnisse; es half alles nichts, ich musste mich an den Gedanken gewöhnen, AP zu verkaufen und mir eine kostengünstige Lösung für Nine zu überlegen.

Ich wartete eine Weile, bevor ich mit Maxi darüber sprach, obwohl ich den Eindruck hatte, dass sie meine Absicht schon längst erraten hatte. Sie machte einen bedrückten Eindruck und war einsilbig, ganz im Gegensatz zu ihrer natürlichen Erzählfreude; wenn wir zusammen im Stall waren, brauchte sie ewig, bis sie sich von AP verabschiedet hatte, schlang die Arme um seinen Hals und flüsterte ihm Versprechungen ins Ohr: ‚Ich will dich nie vergessen, wir bleiben zusammen, versprochen' oder so ähnlich. Sie färbte sich die Haare blau, am nächsten Tag grün und bekam dicke Pickel auf der Stirn. Als ich mich endlich aufraffte, um mit ihr über meine Entscheidung zu reden, standen Tränen in ihren Augen. „Warum müssen wir uns von allen trennen? Nine, Gerson und jetzt auch noch AP?", brachte sie heraus. Ich konnte sie gut verstehen, doch was hätte ich anderes tun sollen? Und dann sagte sie noch etwas, das mich erschütterte: „Glaub bloß nicht, dass ich mich von dir adoptieren lasse, jetzt wo du AP verkaufen willst." Sie ahnte bestimmt nicht, wie sehr mich diese Drohung traf. Gerson und ich hatten noch vor kurzem mit dem Gedanken gespielt; doch jetzt hatte er uns verlassen und die schöne Vorstellung von einer richtigen Familie war wie eine Seifenblase in der Luft zerplatzt.

Joey

Wenn ich Joey nicht kennengelernt hätte, hätte ich nicht gewusst, was tun.

Als er das erste Mal bei uns auftauchte, zauberte Maxi gerade ihre Lieblingsspaghetti mit selbstgemachter Tomatensoße und Basilikum. Sie wusste nicht, dass ich mit Joey über den Verkauf von AP reden wollte, und lud ihn kurzerhand zum Essen ein. Er schaute in den Kochtopf und sagte: „Das nächste Mal bringe ich ein Pfund Hackfleisch mit." Das hätte ins Auge gehen können, doch Maxi schien seine Bemerkung überhört zu haben. Oder war es deshalb, weil sie mit Käpt'n Nemo flirtete, der schwanzwedelnd zu ihr aufsah? Der grau-braune Rüde mit dem treuen Boxerblick und den lustigen Fledermausohren kam mit Joey im Doppelpack. Der eine war ohne den anderen nicht zu haben.

„Netter Kerl", sagte Maxi später beim Geschirrspülen. „Obwohl er Fleisch isst! Leichenteile von toten Tieren! Aber seinem American Staffordshire gibt er nur Gemüse! Wie cool ist das denn!"

„Was?" Ich konnte es nicht glauben. „Bist du sicher? Der

sanft blickende Nemo soll ein bissiger Kampfhund sein?" Erst gestern hatte ich in der Zeitung gelesen. dass so ein Hund ein Kind schwer verletzt hatte.

„Es kommt auf die Erziehung an", sagte Maxi altklug. „Wenn du Kampfmaschinen aus ihnen machst, dann beißen sogar die liebsten Boxer. Nemo ist da ganz anders erzogen!"

Keine Ahnung, woher sie das so genau wusste, doch ich hütete mich, ein falsches Wort zu sagen und konzentrierte mich aufs Abtrocknen.

„Sag mal Vera, wie habt ihr euch eigentlich kennengelernt? Du und Joey? Irgendwie passt er doch gar nicht zu dir?"

„Wieso? Er ist Reitlehrer und vermittelt Pferde. Er hat vielleicht eine Käuferin für AP gefunden." Jetzt war es heraus, eigentlich hatte ich es ihr schonender beibringen wollen, und ich bereute meine Unachtsamkeit sofort, als ich ihren Gesichtsausdruck sah.

„Ach, ist er nur deshalb gekommen?", sagte sie. Ich sah ihr die Enttäuschung an der Nasenspitze an, doch ich konnte ihr nicht helfen, es war die Wahrheit.

„Heißt er wirklich Joey?"

„Ich glaube schon."

„Ob es nicht vielleicht ein Cowboy-Pseudonym ist?", hakte Maxi nach. „Es gibt doch diese Clubs, wo sich die Leute anziehen wie im Wilden Westen und sich andere Namen geben."

Mir gefiel ‚Joey', der Name erinnerte mich an eine Fernsehserie in meiner Kindheit. Vielleicht hatte ich deshalb nicht nachgefragt. Es hätte mich stark mitgenommen, wenn er Klaus Dieter oder Otto geheißen hätte.

„Soll ich dir erzählen, wie wir uns kennengelernt haben?", sagte ich.

Sie tauchte einen Teller ins Wasser und sagte: „Fang an!"

„Also gut, pass auf." Ich griff in meine Hosentasche und zog einen kleinen silbernen Anhänger heraus. Eine winzige Kröte, wie man sie auf Indianermärkten in den USA bekam. „Das hat er mir geschenkt." Sie nahm sie mir aus der Hand und sagte: „Wow! Ein Krafttier!"

„Ja und?"

„Warte mal", sagte sie, verschwand und kam mit einem Heftordner zurück. Sie schlug die erste Seite auf: „Hier steht es: ‚Die Kröte hat ihren ganz eigenen Zugang zu Schätzen, Weisheiten und Wesenheiten, die mit der Erde in Verbindung stehen. Das Krafttier Kröte macht auf Magie und Naturverbundenheit aufmerksam'." Sie schlug das Heft zu und sagte stolz: „Meine neue Schule! Sowas kommt bei uns jetzt in Geographie und Englisch dran. Macht richtig Spaß!"

Maxi beeindruckte mich. „Warum meinst du, hat er sie mir geschenkt?"

„Die Kröte soll dir helfen. Aber nur, wenn du sie wirklich brauchst, man darf sie nicht ausnutzen, das nimmt sie übel. Erzähl jetzt endlich von Joey!"

„Aller guten Dinge sind drei", sagte ich.

„Wieder so ein Spruch, Vera, erzähl schon!"

„Das erste Mal habe ich ihn bei Aldi getroffen. Ich wollte mir eine Flasche Prosecco leisten, weil ich für meine Bachelorarbeit eine eins bekommen hatte – naja, nicht ich, sondern die alleinerziehende Studentin, für die ich die Arbeit geschrieben hatte. Hinter mir stand dieser Typ mit seinen schulterlangen Haaren und einer türkisblauen Halskette; die Verkäuferin scannte die Flasche ein und sagte: 5,45 €. Ich hatte aber nur 5,40 € in der Tasche, mehr nicht. Wollte die Flasche schon wieder zurückstellen, da zog er 5 Cent aus der Hosentasche und gab sie mir."

„Fünf Cent! Echt toll!", sagte Maxi mit gespielter Bewunderung. „Und wie ging's dann weiter?"

„Auch wieder so ähnlich – ich war unterwegs zu einem kleinen Schnüffeljob, Hausaufgabe für den VHS Kurs, du weißt schon: ‚Undercover für Anfänger', plötzlich merke ich, wie mein Volvo so verdächtig hoppelt. Ich fahre rechts ran, komme gerade noch bis zu einer Hofeinfahrt, halte an, steige aus und sehe: Der Reifen ist platt."

„Halt, stopp", rief Maxi. „Lass mich mal! Da hält ein verstaubter Pickup, der so aussieht, als ob er gerade den Grand Canyon durchquert hätte, es steigt ein Typ aus – schulterlanges Haar, diesmal zum Pferdeschwanz gebunden und ein nicht angeleinter moppeliger Amstaff, ein Kampfhund, der nur vegane Kekse anrührt."

„Und der Typ hat megalange Sporen an den Cowboystiefeln", nahm ich ihr das Wort aus dem Mund. „Und eine türkisblaue Halskette. ‚Darf ich dir den Reifen wechseln', sagte er."

„Hat er wirklich ‚darf' gesagt?"

„Hm, festlegen will ich mich da nicht."

„Und wie geht's weiter?"

„Im Selbstverteidigungskurs in der VHS ist er als Trainer eingesprungen und hat mich zwei Mal aufs Kreuz gelegt. Beim dritten Mal hat mein Körper reagiert, quasi ohne mein Zutun. Angezogenes Knie, ein Tritt ins Zentrum wie ein Pfeil, alles in einer einzigen fließenden Bewegung. Und ich bin aufrecht stehengeblieben ohne zu zittern. Das hat ihm gefallen und mir noch mehr. Ich habe ihn zum Bier eingeladen."

Maxi sah mich ungläubig an.

„Naja, oder so ähnlich", gab ich zu. „Er trinkt keinen Alkohol."

„Und er heißt wirklich Joey?", fragte sie das dritte Mal.

„Ich glaube schon, wie in ‚Fury'. Der Junge und sein Pferd – die beiden gingen miteinander durch dick und dünn." Sie waren Freunde fürs Leben, dachte ich und für einen Augenblick wurde mir ganz sentimental ums Herz, ein Freund wie Fury, das war es, was mir gerade am meisten fehlte.

„Die Kröte hat er dir dann nach dem Bier gegeben?"

Ich grinste ohne zu antworten. Aber genauso war es.

Am Wochenende sahen wir Joey beim Reitunterricht auf der *Go-West-Ranch* zu. So nannte er den kleinen Bauernhof am Ende des Tals, wo er der Künstlerin Lydia Krall Reitunterricht auf seinem alten Paintwallach Cloud gab. Er half ihr beim Satteln und zeigte ihr mit Eselsgeduld, wie sie den langen ledernen Sattelgurt dreimal durch die Öse schlingen musste, ohne ihn zu verknoten, wie sie die Steigbügel in die richtige Länge bringen konnte, ohne die komplizierte Riemenkonstruktion auseinanderfallen zu lassen und wie sie dem Wallach die martialisch aussehende Kandare hinter seine drei übriggebliebenen Zähne schieben sollte. Während des Leichttrabens gab er eine lustige Geschichte nach der anderen zum Besten, lobte seine Reitschülerin überschwänglich, wenn es ihr nach drei vergeblichen Versuchen gelungen war, Cloud nach Galopp zu fragen. „Nice!", sagte Joey nach jeder Schrittpause in einem Ton, der keinen Zweifel zuließ; aber Maxi sagte, er sei nicht nur ein guter Reitlehrer, sondern auch ein richtiger Mann und Lydia habe sich in ihn verguckt. Was Maxi unter einem ‚richtigen Mann' verstand, wusste ich nicht, aber ganz falsch lag sie nicht damit. Er war ganz anders als die schnieken Dressurreiter in ihren blankgewichsten Lederstiefeln, die ich kennengelernt hatte: Er lief meistens in Arbeitsschuhen mit den Metallkappen herum, die er zum Reiten mit seinen staubigen Cowboystiefeln vertauschte, an denen dicke Rädchensporen prangten. Er war nicht viel größer als ich, aber muskulös und kräftig, konnte seinen früheren Job als Bodybuilder nicht verleugnen. Joey machte auf jedem Pferd eine gute Figur, geschmeidig und stark zugleich. Für das Turnier – ich sagte immer noch Turnier, konnte mich an ‚die Show' einfach nicht gewöhnen –, wienerte er seine guten, spitzen Cowboystiefel, bis sie glänzten, zwängte sich in seine schwarzen Jeans, die beim Waschen immer ein bisschen mehr eingingen und legte den breiten Gürtel mit der silbernen Gürtelschnalle an, die so groß war, dass sie seinen leichten Bauchansatz vorteilhaft verbarg. Er setzte seinen Stetson auf und machte das verwegenste Gesicht, das er zur Verfügung hatte. So gewann er die meisten Prüfungen.

„Ein Reiter eben", sagte Maxi, „und garantiert nicht schwul."

Woher sie das so genau wisse, fragte ich, und sie antwortete: „Na, so wie der dich so anguckt ..." Ich war mir da nicht so sicher. Was Maxi nicht sah: Er war auch ein gewiefter

Geschäftsmanns und wusste genau, was Frauen wünschten, Reiterinnen zumindest. „Aber reiten kann sie wirklich nicht", sagte Maxi. Sie meinte Lydia, und in diesem Punkt musste ich ihr zustimmen.

In der Reithalle war es drückend schwül, kein Lüftchen regte sich. Doch an der Schwüle lag es nicht, dass ich mich auf einmal unbehaglich fühlte. Mir war, als ob mich jemand von hinten mit Blicken durchbohrte, und ich fühlte eine Gänsehaut auf meinen Oberarmen. Ich drehte mich um. Der schwarzhaarige Typ hinter mir musste uns schon eine Weile beobachtet haben. Oder nur Maxi? Denn jetzt sagte er zu ihr: „Hey, hast du dein Pferd hier stehen?"

Ich spähte angestrengt in die Halle, während ich meine Ohren nach rückwärts spitzte.

„Nö, ich hab keins", sagte Maxi. In diesem Augenblick kam Lydia mit Cloud an der Hand aus der Halle.

„Wartet ihr auf Joey? Der braucht bestimmt noch ein Weilchen." Sie zeigte mit dem Kopf in die Halle, wo Joey gerade einem jungen Pferd das Angaloppieren beibrachte. Bei seiner Reiterin hatte es sich ein Spiel daraus gemacht, immer wieder in den falschen Galopp zu fallen, doch bei Joey war der Spaß vorbei. Nach ein zwei Versuchen war der Bann gebrochen und er ließ die Reiterin wieder aufsteigen.

„Willst du abäppeln, oder hältst du ihn lieber mal?" Weil ich sie verblüfft ansah, drückte sie mir wie selbstverständlich die Zügel in die Hand, schnappte sich den Äppelboy und machte sich ans Aufsammeln.

Während ich auf Lydia wartete, redete der Mann mit Maxi weiter. Es gefiel mir nicht, wie er sie ansah, wie er sie umschmeichelte, eifrig bemüht, locker und jugendlich zu wirken. Ein Abenteuertyp, einer der viel herumgekommen war. Fremdenlegionär vielleicht, auf der Suche nach Gelegenheitsjobs für den Sommer, diese Typen machten alles, auch Stallarbeiten. Ein Sprüchemacher, Reitställe zogen solche Leute an.

Unterdessen kam Joey aus der Halle, nahm mir die Zügel aus der Hand und sagte: „Lydia will sich dein Pferd wirklich ansehen. Alles Paletti wäre ideal für sie, er hat ein ruhiges Temperament und ist in den Grundgangarten ausgebildet."

„Aber sie kann doch gar nicht richtig reiten!", sagte ich entsetzt, froh, dass Maxi immer noch mit dem Typen plauderte und nichts gehört hatte.

„Das lernt sie von mir", sagte Joey. „Sie hat auch schon eine Box für ihn hier auf der Ranch in Aussicht."

Eine Box für AP, das klang gut. Die Go-West-Ranch gefiel mir. Sie lag am Ende eines kleinen Tals im Odenwald, ohne Durchgangsverkehr, von Wiesen umgeben, auf denen Pferde grasten. Ein altes Fachwerkhaus mit Scheune und Stallungen, einer Reithalle, einem Roundpen und einem kleinen Außenplatz. Das Anwesen gehörte einem alten Bauern, Robert Eilers, der selbst drei Pferde auf der Koppel stehen hatte. Drei Boxen hatte er an Joey für seine Schulpferde verpachtet, die übrigen vier an Pferdebesitzerinnen aus der Umgebung. Heu und Stroh kam von den Wiesen und Feldern, die zum Hof gehörten, Hafer und Pellets wurden geliefert. Roberts Frau Else bewirtschaftete den Gemüsegarten. Der Hof war kleiner als der Leierhof und machte einen gepflegten und freundlichen Eindruck.

Joey wohnte den Sommer über in einer Holzhütte, die hinter Holunderbüschen und Forsythien versteckt auf einer kleinen Anhöhe neben der Reithalle stand. Brombeerranken wucherten über das Verandageländer, ein alter Schaukelstuhl stand in der Ecke, auf der Wiese vor der Hütte blühten alte Apfel-und Pflaumenbäume. Cowboy's Place nannte er sein Refugium. Joey verstand sich gut mit dem Ehepaar und spielte mit dem Gedanken, die Ranch zu übernehmen, wenn Robert sich einmal aufs Altenteil zurückziehen würde. Doch daran dachte der noch lange nicht; er war fit wie ein Turnschuh und quicklebendig wie ein Fohlen; jeden Morgen um halb sieben ritt er allein auf seiner alten Stute in den Wald. „Immer querfeldein, im Jagdgalopp über die Wiese, er kennt sich aus, er hat angefangen zu reiten, noch bevor er richtig laufen gelernt hat", sagte Joey. Ohne Helm, nur eine verbeulte Schildkappe gegen die Sonne auf dem Kopf.

Wehmütig dachte ich daran, dass ich mit AP auch gerne mal über die Wiesen galoppiert wäre; ob ich ihn mir einmal würde ausleihen können? Doch ich wischte den Gedanken schnell wieder weg. Mit AP ausreiten um ihn nach dem Absitzen Lydia an die Hand zu geben, das war mir unerträglich. Immerhin, was die Ranch anging: Alles Paletti würde sich hier wohl fühlen, das war im Augenblick das wichtigste. Doch ob er sich an Lydia gewöhnen würde, stand in den Sternen.

Über sie konnte ich einiges in Erfahrung bringen. Sie war Künstlerin, lud regelmäßig zu Vernissagen ein und präsentierte Skulpturen in ihrem Atelier am See. Auf ihrer Facebookseite zeigte sie sich in immer in anderen Outfits –

mal im Kimono, dann in einem engen, langen Glitzerkleid oder in einem kurzen Kleid aus silberner Folie, wie Helene Fischer, dann als Cowgirl in Stiefeln und Stetson, abwechselnd mit einem blauen T-Shirt mit der Aufschrift: ‚Even Cowgirls get the Blues' und einem roten mit: ‚Safe the horse, ride the cowboy'. Na ja, mein Geschmack war das nicht gerade.

„Warte nicht zu lange", sagte Joey. „Wenn sie was will, dann muss es gleich sein und keine Sekunde später."

„Und ihre langen Fingernägel?", fragte ich zögernd.

„Stören mich nicht", sagte er. Und die weiße Seidenbluse, deren zwei oberste Knöpfe immer offenstanden, bestimmt auch nicht, dachte ich.

„Wir stellen AP einfach zwei oder drei Tage auf die Go-West-Ranch, dann kann sie ihn probereiten. Ich passe auf. Und die Ankaufsuntersuchung kann sie dann auch gleich machen lassen."

Es klang alles sehr vernünftig und praktisch. AP war kerngesund und fit, die kleine Gesundheitsprüfung vor der Übergabe würde er sicher bestehen, doch mir war nicht wohl bei der Sache.

„Einfach? Ich habe keinen Hänger", sagte ich, obwohl ich wusste, dass ich mit dieser Ausflucht nicht durchkam.

„Kein Problem", sagte Joey und deutete auf den Parkplatz, wo sein Pickup und sein alter Hänger standen. „Ich fahr euch. An deiner Stelle würde ich ja sagen – so eine Chance kommt nicht jeden Tag."

Ich wusste nur zu gut, dass er recht hatte. Ein Pferd privat zu verkaufen, war nicht einfach. Es gab zu viele Pferde auf dem Markt, zu viele Besitzerinnen, die mit ihren Pferden nicht zurechtkamen. Auf dem Leierhof hatte ich Frauen kennengelernt, die sich jedes Jahr ein neues Pferd kauften, weil sie mit dem vorjährigen wieder einmal an eine Grenze gestoßen waren.

Ich quälte mich durch eine schlaflose Nacht und noch eine zweite, dann gab ich Joey grünes Licht. „Also gut: morgen früh?"

„Übermorgen", sagte er. „Der Hänger muss erst noch zum TÜV."

Go West!

„Ich hab' Schule", sagte Maxi.

Sie hätte es mir nicht sagen brauchen, Schule ging vor, das war klar, doch sie meinte etwas anderes. Sie machte sich Sorgen wegen AP. Schon seit Tagen hatte sie keine Gelegenheit ausgelassen, mich zu warnen: „Denk nur an Nine!" Ich erinnerte mich nur zu gut. Wir hatten das Verladen so lange mit ihr geübt, bis sie ohne zu zucken auf den Hänger ging. Doch jedes Mal, wenn wir mit ihr verreisen wollten, oder zu Doktor Abnemer in die Klinik mussten, marschierte APs Mutter forsch bis zur Rampe und blieb dann mit einem Ruck stehen. Mein Pferd erstarrte zu einer tonnenschweren Bronzestatue und machte ihrem schönen Namen Nine days wonder alle Ehre. Maxi brachte es fertig, sie in Bewegung zu setzen, indem sie einen Huf nach dem anderen anhob und ihn Zentimeter für Zentimeter auf die Rampe stellte, manchmal brauchten wir für die zwei Meter über eine Stunde.

„Alles Paletti ist anders", sagte ich mit dem Mut der Verzweiflung.

Maxi lächelte traurig. „Aber ich kann euch nicht helfen", fügte sie hinzu. Ich wusste genau, was sie dachte.

In der Nacht vor unserem Auszug schlief ich schlecht, wachte alle zwei Stunden auf, döste wieder ein. Im Halbschlaf dachte ich an den Transport im Morgengrauen. AP war Nines Sohn, würde er sich anstandslos in den Hänger führen lassen? Gab es ein Heunetz? Hatte sich Joey um den TÜV gekümmert, wie er mir versprochen hatte?

Ich wälzte mich von einer Seite auf die andere Seite, ging in die Küche, trank einen Schluck Wasser, da hörte ich mein Fon brummen. Eine Nachricht von Joey? Mitten in der Nacht? Doch der Betreff machte mich stutzig: *EIN ALTER BEKANNTER*.

Ich klickte die Nachricht auf, blinzelte, schaute noch einmal hin und begann zu lesen: „*Hat man es dir endlich in dein hübsches Köpfchen gehämmert? Das Leben ist hart! So hart und kalt wie dein Herz! Aber du weißt ja, was mit harten Herzen los ist! Sie hören auf zu schlagen und das war's dann. Ha ha, du alte Märchentante! Pass lieber auf, dass dir niemand in die Parade fährt! Bis zum nächsten Mal, und viel Spaß beim Ponyfüttern. EIN ALTER BEKANNTER.*"

Was sollte dieser Unsinn? Fröstelnd taumelte ich zurück ins Bett. Jemand hatte sich einen dummen Scherz mit mir erlaubt, die Anspielung auf Märchen und das kalte Herz, dahinter steckte möglicherweise jemand aus dem Kundenkreis meines Ghostwriter-Büros. Bei mir meldeten sich eine Menge dieser Möchtegern-Schriftsteller, die jeden kruden Einfall für Kreativität hielten, mir ihre Texte schickten und auf mein Feedback warteten. Der letzte hatte einen

Nachruf auf sich selbst geschrieben, mit einer Todesanzeige, die ich im ersten Moment für echt gehalten hatte. Erst auf den zweiten Blick hatte ich das um zehn Jahre vordatierte Todesdatum wahrgenommen.

Je länger ich grübelte, desto wacher wurde ich. Helmut, fuhr es mir durch den Kopf. Mein Kollege aus dem Forschungsprojekt, er hatte sich öfter über mich geärgert. Weil ich keine Zeit für einen Cappuccino im Star-Coffee hatte oder für Spaghetti Arrabiata beim Stehitaliener, mit integriertem Ablästern über ungeliebte Kollegen? Aber warum sollte mir Helmut ausgerechnet mitten in der Nacht so eine Nachricht schreiben? Nein, das sah ihm nicht ähnlich. Ob ich Joey morgen die Mail zeigen sollte? Lieber nicht! Er würde darüber lachen, da war ich mir sicher. *Du bist doch immer so cool, Vera, warum regst du dich so auf*? Also gut: Weg damit! Als ich die Mail auf meinem Fon gelöscht hatte, wurde ich ruhiger und schlief noch einmal ein.

Über AP hätte ich mir keine Sorgen zu machen brauchen. Er marschierte routiniert auf die Rampe, hielt schnurstracks aufs prallgefüllte Heunetz zu und fing an, Halme heraus zu rupfen. Ich drückte die Laderampe nach oben, steckte den Bolzen in die Vorrichtung, horchte, bis ich AP genüsslich kauen hörte. Plötzlich erfasste mich eine Welle von Traurigkeit, ich ließ die Schultern hängen und blieb einfach stehen.

Joey, der schon dabei war, den Motor anzulassen, kam noch einmal zurück. Er fasste mich mit beiden Händen bei den Schultern, drehte mich zu sich um und sagte: „Alles Paletti, Vera!" Lautes Kläffen schreckte uns auf. Joey löste die Umarmung und beugte sich zu Käpt'n Nemo hinunter, der ihm liebevoll die Wange ableckte; Joey kraulte ihn hinter den Ohren. Dann öffnete er die Wagentür und Nemo sprang auf den Rücksitz.

Wenige Minuten später ging es auf der Autobahn Richtung Weinheim. „Hat es geklappt gestern, mit dem TÜV?", fragte ich.

„Wieso gestern? Übermorgen!", sagte Joey. Ich atmete tief durch und fühlte nach meiner Silberkröte. Sie soll dir helfen, hatte Maxi gesagt. In dringenden Fällen, dieser hier war es! Bitte Kröte, hilf mir, schickte ich ein Stoßgebet in den Krafttierhimmel: Lass uns gut ankommen.

Eingeklemmt zwischen zwei LKW zockelten wir schweigend bis zur Ausfahrt Weinheim, dann fuhren wir auf dem Zubringer Richtung Odenwald. Käpt'n Nemo hatte sich auf dem Rücksitz zusammengerollt und schnarchte. Nach kurzer Fahrt ging es durch den Saukopftunnel. In der Ebene hatte die Luft nach Staub und Abgasen geschmeckt, hinter dem Tunnel wurde die Luft frischer, uns empfingen sanfte Hügel, Wiesen und blühende Apfelbäume. Ich öffnete das Seitenfenster, atmete die würzige Morgenluft und entspannte mich. Wir näherten uns APs neuem Zuhause, er würde es hier gut haben. Joey hatte mir versprochen, dass er ihn zusammen mit seinen Pferden Cloud und Storm auf eine Koppel stellen würde. Blieb nur zu hoffen, dass der Plan aufginge, AP konnte ziemlich kratzbürstig werden, wenn ihm ein Wallach den Rang streitig machte.

Joey lenkte den Pickup über einen Bahnübergang, der Hänger holperte über die Schienen, hinter uns hörte ich AP unruhig stampfen. Er wieherte aufgeregt und augenblicklich kehrte meine Anspannung zurück. „Nur noch die kleine Straße durch den Wald, dann kommt die Ranch", sagte Joey. „Da gibt es keinen Gegenverkehr." Wie auch, dachte ich, die einspurige Straße war ja schon für unser Gespann zu eng. Ein entgegenkommendes Fahrzeug hätte ausweichen müssen, aber links neben der Straße ging es steil bergab und rechts wucherte eine dichte Brombeerhecke.

Die Straße schlängelte sich durch einen lichten Buchenwald, dann kamen die Wiesen, Nebel stieg auf und in den Strahlen der aufgehenden Sonne glitzerte der Tau. ‚Mornin' has broken' sang Cat Stevens im Oldie-Sender, aber der Song, der früher mein Herz weit gemacht hatte, drang heute nicht zu mir durch. Auf einmal fühlte sich alles so künstlich an. Alles existierte ohne mich, der Song, die Natur, die aufgehende Sonne, ob ich hier oder woanders war, schien völlig gleichgültig. ‚Halt an, dreh um', hätte ich am liebsten gerufen. ‚Wir kommen nicht weiter, und zurück auch nicht, es hat alles keinen Zweck'. Doch ich zwang mich ruhig zu bleiben.

Eine Kurve, dann noch eine, die einspurige Straße verengte sich noch mehr. Abrupt nahm Joey den Fuß vom Gaspedal – Bremsen quietschten, Benzingestank drang durchs offene Fenster, er riss das Lenkrad herum. Ich wurde hart nach vorne in den Sicherheitsgurt geschleudert, hörte Motorenknattern, drehte mich mühsam um, konnte gerade noch ein schweres Motorrad erkennen, das in der Kurve verschwand. Mit einem Satz war Joey draußen. Mein Nacken schmerzte, ich löste den Gurt, öffnete zitternd die Wagentür. Der Hänger hing mit einem Rad über der Böschung. AP wieherte.

„Shit!" Joey zerrte an dem Bolzen der Verriegelung, immer wieder rüttelte er an dem Metallteil, doch es rührte sich nicht. „Der Kerl hat uns den Weg abgeschnitten!" Wir versuchten, den Hänger auf die Straße zu schieben. Nach einer Viertelstunde vergeblicher Schufterei gaben wir auf.

„Hey!" Ein Mann tauchte plötzlich hinter dem Hänger, in Arbeitsjeans und Cowboystiefeln mit einem Halfter in der Hand. „Ihr seid in den Graben gefahren." Es klang wie eine Feststellung. „In den Graben, fressen ihn die Raben", summte er abwesend vor sich hin, während er um den Hänger herumlief und an der Tür rüttelte.

„Wir schieben das Ding auf die Straße", sagte er zu Joey, ohne mich eines Blickes zu würdigen. Er kam mir irgendwie bekannt vor, doch ich konnte mich nicht erinnern, wo ich ihn schon einmal gesehen hatte.

„Mach noch schnell noch ein Foto!", sagte Joey zu mir. „Besser ist besser." Doch weil AP ängstlich schnaubte, und von einem Huf auf den anderen trat, ließ ich das Fon der Tasche stecken. Ich musste ihn beruhigen, das war wichtiger als ein Foto. Durch das Seitenfenster fütterte ich ihn mit Karottenstückchen, die mir Maxi gestern Abend noch gerichtet hatte. Er nahm sie mir Stück für Stück aus der Hand und wurde ruhiger. Ich sah, dass er auf allen vier Beinen stand. Gottseidank! Er schien nichts gebrochen zu haben.

Die beiden Männer machten sich an die Arbeit, doch der Hänger bewegte sich keinen Zentimeter. Zu dritt schafften wir es dann irgendwie, den Hänger wieder flott zu machen, bis zum Hof waren es nur noch ein paar Minuten. Wir boten unserem Helfer an, einzusteigen, doch er winkte ab. „Muss noch schnell bei meiner Kleinen vorbei", sagte er und griff sich das Halfter, das er über den Außenspiegel des Pick-ups gehängt hatte. „Bis später."

Ich kletterte auf den Beifahrersitz und Joey drehte den Zündschlüssel um. „Kennst du den Mann?", fragte ich.

„Er hilft auf der Go-West-Ranch aus. Macht alles, was anfällt." Jetzt fiel es mir wieder ein, – es war derselbe Typ, mit dem sich Maxi neulich unterhalten hatte. Er sah aus wie der Popstar Prince, oder dessen älterer Bruder. „Er heißt Janic", sagte Joey.

„Sollen wir die Polizei anrufen?", sagte ich, als der Hof in Sicht kam.

„Polizei? Lieber nicht!"

„Was?"

„Keine Polizei, – der Hänger hat keinen TÜV mehr."

„Aber es war Fahrerflucht!", sagte ich wütend. Mein Nacken schmerzte und etwas drückte auf meine Herzgegend.

„Komm, mach schon, wir müssen uns beeilen", sagte Joey. „Lydia hat den Tierarzt auf 8 Uhr bestellt, er wartet bestimmt schon auf uns."

„Wir müssen ihr doch von dem Unfall erzählen?"

„Abwarten! Zuerst die Tür", sagte Joey, „dann sehen wir, ob mit AP alles in Ordnung ist und dann können wir immer noch …" Er unterbrach sich mitten im Satz und deutete mit dem Kopf nach vorne auf die Hofeinfahrt. „Dumm gelaufen", sagte er. Dort stand Lydia im nagelneuen Westernoutfit samt Stetson neben ihrem Motorrad. An ihren grünen Krokolederstiefeln klapperten blitzende Rädchensporen, groß wie Kuchenteller.

Joey stieg aus, schaute sich um. Von Janic und seinem Werkzeug keine Spur. Joey zögerte nicht eine Sekunde und sagte zu Lydia: „Die Rampe klemmt, hast du mal einen Hammer?"

„Lass sehen", sagte Lydia und ging um den Hänger herum. Keine Ahnung, wie sie es fertigbrachte, jedenfalls lockerte sich der Bolzen nach wenigen Handgriffen, und wir konnten die Rampe herunterlassen.

In diesem Augenblick rollte Doktor Abnemers blauer Combi auf den Hof. Ich führte AP vorsichtig aus dem Hänger und noch ein paar Schritte auf dem Weg. Der Tierarzt schaute uns stirnrunzelnd zu, sein Blick bedeutete nichts Gutes. Er deutete auf APs rechtes Vorderbein. „Mal auf hartem Boden antraben", sagte er, aber schon nach zwei, drei Trabtritten nahm er das Kommando zurück. „Genug! Es reicht." AP lahmte, das sah sogar ich. Noch ein Blick, ein paar Handgriffe, dann kam die Diagnose: „Sehnenschaden vorne rechts", sie hätte des Ultraschalls nicht bedurft. Doch der Tierarzt bestand darauf. Nach einer Viertelstunde wussten wir Bescheid: „Strenge Boxenruhe, kein Transport, dann langsam wieder Schritt. In ein, zwei Monaten können Sie wieder reiten."

Ich hielt den Anbindestrick in der Hand, den ich eigentlich der neuen Besitzerin hatte übergeben wollen, kämpfte gegen die Wolken in meinem Kopf und den Schmerz in meinem Nacken, wusste nicht, was tun. „Am besten wäre, wenn Sie das Pferd hier auf dem Hof stehen lassen", sagte Doktor Abnemer zu mir. „Rufen Sie mich an, wenn Sie meine Hilfe brauchen." Ich nickte, unfähig etwas zu sagen, geschweige denn einen klaren Gedanken zu fassen.

In diesem Augenblick kam Janic mit seiner Stute an der Hand durchs Hoftor. „Hat er sich verletzt?", fragte er neugierig. „Sieht böse aus! Habt ihr euch das Kennzeichen gemerkt?"

„Irgendwas mit HP wahrscheinlich!", sagte ich schroff. Was sollte die Frage – darauf konnte ich gut verzichten, doch er gab keine Ruhe: „Das reicht bestimmt nicht – die wollen es genau wissen! *HP!* Wie viele Motorräder gibt es in Heppenheim denn? Das ist wie eine Anzeige gegen Unbekannt – die kannst du knicken."

Wahrscheinlich hatte Janic sogar recht, aber mich störte seine Wichtigtuerei; ich hatte ihn nicht um seine Meinung gefragt. In diesem Augenblick war mir alles egal, auch die Anzeige, mir ging es nur um Alles Paletti. Er hatte Schmerzen und durfte sich nicht bewegen. Was sollte ich mit ihm anfangen? Verkaufen konnte ich ihn jetzt nicht mehr und der Weg zurück auf den Leierhof war uns ebenfalls verbaut. Selbst wenn seine Box noch frei gewesen wäre, hätte ich sie nicht bezahlen können.

Janic tippte mir auf die Schulter und sagte: „Das ist Perle." Er deutete auf die zierliche Stute, die neben ihm stand. „Ich will Perle in den Offenstall stellen. Wenn du willst, frag ich Robert, ob du ihre Box haben kannst."

Hatte ich richtig gehört? Janic bot mir eine Box an?

„Und was soll sie kosten?", fragte ich vorsichtig.

„100 Euro", sagte er.

„Was?" Ein Drittel billiger als die Boxenmiete auf dem Leierhof? Am liebsten wäre ich ihm um den Hals gefallen.

„Siehst du!", sagte Joey. „Er wird wieder, Vera! Ein bisschen Geduld, und den Rollback kriegen wir drei auch noch hin."

Lydia schaute von mir zu Joey und dann wieder zu mir und sagte mit einem süffisantem Unterton: „Ach, dann bleibt ihr also hier? Kaufen will ich ihn natürlich nicht mehr", setzte sie hinzu.

Spin

Die einzige, die dem Unfall etwas Gutes abgewinnen konnte, war Maxi. Sie war wie umgewechselt, redete wieder freundlicher mit mir, machte mir keine Vorwürfe wegen des Unfalls. Von unserer neuen Wohnung bis zur Go-West-Ranch war es mit dem Auto nicht weit, ich würde sie zwei, drei Mal bringen können. Sie hatte jetzt wieder eine Aufgabe, dachte ich, und konnte die Matheaufgaben, die ihr die Gehirnwindungen verknoteten, für ein paar Stunden vergessen. „Englisch-Vokabeln kann ich auch bei AP in der Box lernen, da haben wir beide was davon", sagte sie. Ich musste schmunzeln, das war echt Maxi, wenn es um AP ging, konnte sie sogar Vokabeln etwas abgewinnen.

Am nächsten Morgen betrat ich pünktlich um Neun mein Homeoffice. Ich gab die Hoffnung nicht auf, neue Schreibaufträge zu bekommen, deshalb fuhr ich als erstes meinen PC hoch. Es war mir schon einige Male passiert, dass potentielle Kundinnen ihre Anfrage wieder zurücknahmen, wenn ich mich einen oder zwei Tage später gemeldet hatte.

Doch an diesem Morgen hätte ich mir besser etwas

anderes einfallen lassen sollen, denn kaum hatte ich meine Mails aufgeklickt, war es mit dem Arbeiten vorbei. *„Hoppe hoppe Reiter, wenn er fällt dann schreit er, fällt er in den Graben, fressen ihn die Raben. Da brauchst du gar nicht mehr reinzufallen, du steckst schon mitten drin im Sumpf, du blöde Ziege. Bist ja schon vergiftet und halb verwest. Vergiss deinen Helm nicht! Und: Weiterhin viel Spaß beim Ponyfüttern. Das Futter schmeckt hoffentlich noch? Ein alter Bekannter."*

Ich fühlte mich wie bei meinem ersten Spin, mir wurde schwindelig und ich wünschte mir nur, dass das Drehen aufhörte. Doch so einfach war es nicht – auf AP hatte ich ja nur die Beine ausstrecken und ‚whoa' sagen müssen, aber hier? Um diesen Spin zu beenden, erforderte andere Mittel. Aber welche? Es war doch nur ein alter Kinderreim, warum wühlte er mich so auf? Mir wurde heiß, vor meinen Augen flirrten Schlieren, die mich daran hinderten, in der Spur zu bleiben. Einfach löschen? Joey drückte anonyme Nachrichten sofort weg, kein Wunder, er hatte als Security-Mann und Türsteher gejobbt und jede Menge Drohungen erhalten. Warum machte ich es nicht auch so? Oder lieber den Absender auf „SPAM" stellen? Aber war das eine gute Idee? Den Spamordner musste ich ja auch kontrollieren, falls sich ein lukrativer Auftrag dorthin verirrt hatte. Besser nicht löschen, dachte ich und verschob die Mail ins Archiv. Vielleicht brauchte ich sie noch für die Polizei. Für die Polizei? Wenn aber wider Erwarten doch mein ehemaliger Kollege Helmut dahintersteckte? Ich wollte ihn nicht verpetzen, außerdem war ich gar nicht sicher, ob ich ihn nicht zu Unrecht verdächtigte. Wenn nötig musste ich die Angelegenheit persönlich mit ihm klären.

Um frische Luft zu schnappen, ging ich auf die Terrasse. Dort stand eine Umzugskiste mit Krimskrams, vollgestopft mit alten Pferdebüchern á la ‚Longieren aber richtig', ‚Das kleine Reitabzeichen', ‚Vorsicht Giftpflanzen' und mit Briefen und Postkarten meiner Freunde und Freundinnen. Ich hatte die originellsten aufgehoben, z.B. die Kunstpostkarte ‚*Der behexte Stallknecht*' von Baldur Grien, einem Maler aus der Barockzeit, sie kam vermutlich von Helmut. Auf der Karte war ein feister Stallknecht zu sehen, der in voller Länge hinter einem listig zurückschauenden Hengst lag. Mein Kollege hatte Humor, wenn auch einen ziemlich schwarzen. Er hatte sich öfter über mich geärgert, weil ich zehn Minuten früher Schluss gemacht hatte, um in den Stall zu gehen, und er hatte Angst vor Pferden. Eine kleine Warnung vor den Gefahren, die im Stall auf mich lauerten.

Ich hob die Plane auf, die ich über die Kiste gelegt hatte und nahm ein Fotoalbum mit Kinderbildern in die Hand. Manche Fotos hatten sich aus den Ecken gelöst, als erstes fiel mir ein Faschingsfoto aus den 1980er Jahren von mir und einem etwas älteren Jungen in die Hand, die Farben hatten einen Blaustich. Wir waren beide verkleidet, er als Indianer mit Häuptlingsfederschmuck, acht oder neun Jahre alt. Ich trage ein mit Borten verziertes Indianerkleid und eine schwarze Perücke mit Zöpfen und einem Stirnband, aus der eine Feder ragte, war drei oder vier Jahre alt und schaue treuherzig und stolz zu ihm auf. Auf dem zweiten Foto war er ein paar Jahre älter, ein kräftiger Junge mit Stoppelhaaren und zerrissener Hose. Er hielt ein Beil in der Hand, vor ihm lag ein Berg Holzscheite; das Foto war bei meinen Onkel im Odenwald aufgenommen worden. Doch die Fotos berührten mich eigentümlich, ich kam nicht von ihnen los. Im ersten Augenblick wusste ich nicht, wer der Junge war. Ich kramte so lange in meiner Erinnerung, bis es mir wieder einfiel: Der Junge war mein Vetter, der eine Zeitlang bei uns gelebt hatte. Er musste kurz nach der zweiten Aufnahme aus meinem Leben verschwunden sein. Er war einfach weg gewesen und ich hatte nie mehr wieder etwas von ihm gehört. Was wohl aus ihm geworden war? Mir wurde schmerzlich bewusst, dass ich niemanden mehr nach ihm fragen konnte, meine Eltern waren vor fünf Jahren bei einem Autounfall ums Leben gekommen und meine Großeltern waren schon länger tot. Es gab nur noch wenige Menschen, die mich von Kindheit an kannten.

Weil ich ein Geräusch an der Haustür hörte, legte ich das Foto auf den kleinen Metalltisch. Die Balkontür öffnete sich, Maxi kam zu mir heraus, öffnete ihre Trinkflasche, trank ein paar Schlucke und sagte: „Ziemlich heiß heute." Sie griff nach dem Foto, das ich auf den kleinen Tisch gelegt hatte. „Wer ist das?", fragte sie neugierig.

„Mein Vetter Patrick, ich habe ewig nicht mehr an ihn gedacht, ein uraltes Foto, ich habe es gerade beim Aufräumen entdeckt."

„Dein Vetter? Echt? Warum hast du nie von ihm gesprochen – was ist mit ihm?"

„Als ich zehn war, ist er aus dem Haus – ich glaube, er hat eine Lehre gemacht."

Maxi guckte auf das Bildchen. Sie blickte zu mir, dann wieder zu dem Jungen und sagte: „Ähnlich seht ihr euch ja nicht. Aber weißt du was – er sieht mir ähnlich, dieser Patrick."

„Meinst du wegen der schwarzen Haare? Stimmt irgendwie, deine sind heute schwarz gefärbt, nicht mehr grün und nicht mehr blau, oder?"

„Stimmt! Er gefällt mir."

„Er war ehrgeizig, da seid ihr euch ähnlich, auf dem Bild ist er vielleicht so alt wie du heute." Mit dieser Auskunft schien Maxis Interesse an meiner Familie wieder zu erlöschen. Sie hielt das Bildchen in der Hand und schwieg. Etwas schien sie zu beschäftigen, dann sagte sie so leise, dass ich sie kaum verstand: „Hast du ihn geliebt?"

„Hm, keine Ahnung", sagte ich. „Er war mein Kumpel, wir hatten viel Spaß zusammen, ich war nicht allein. Ich habe ihm vertraut, naja, meistens. Manchmal hab ich mich auch über ihn geärgert, wenn er mich verpetzt hat. Oder er hat mir Angst gemacht. Wir waren wie richtige Geschwister."

„Und du? Aber du hast ihn nie verpetzt?" Maxi bekam ihren Schlangenblick und legte das Bild auf den Tisch, setzte die Wasserflasche an und gleich wieder ab. „Leer! Ich habe Durst, muss was trinken."

„Soll ich uns was zu essen machen, bevor ich in den Stall fahre?"

„Machen?", sagte Maxi. Wir schauten uns an und lachten. Wir brauchten nicht in unseren Kühlschrank zu schauen, um zu wissen, dass außer zwei Jogurts und vier verschrumpelten Karotten nichts drin war.

„Soll ich Pizza oder lieber chinesisch …?"

„Lieber mal chinesisch", sagte ich.

Die Lieferung dauerte hier draußen viel länger als in der Stadt. Als das harte Gemüse in Soja-Soße und Klebereis endlich vor uns stand, war es lauwarm. „Ab in die Mikrowelle", sagte Maxi. „Ist nicht gerade ökologisch, aber vegan." Wehmütig dachte ich an die leckeren Tagliatelle mit Steinpilzen, die uns Gerson manchmal zubereitet hatte. Und dazu ein Glas eisgekühlten Pino Grigo. Vor gefühlten Ewigkeiten.

„Mikroplastik, Glyphosat, Geschmacksverstärker, Farbstoffe", sagte Maxi, als wir die Näpfe nach drei Minuten aus der Welle holten. Ich enthielt mich eines Kommentars, sagte nichts über den Geschmack des viel zu heißen Essens. „Gar nicht schlecht", sagte sie, „wenn man ab und zu einen Schluck Cola trinkt." Kein Fleisch, aber Geschmacksverstärker, Farbstoffe, Glyphosat und dann auch noch Coca Cola? Ich trank lieber Wasser, an Maxis Lieblingsdrink konnte ich mich nicht gewöhnen. Wir waren gerade dabei, die Küche aufzuräumen, als ihr Handy klingelte. „Es ist Joey", sagte sie. „AP ist unruhig. Ich soll kommen. Er will mich wieder zurück bringen, später." Weil sie plötzlich so bekümmert und traurig aussah, sagte ich schnell: „Okay, ich fahr dich." Es war schön, dass sich Maxi so verantwortlich für AP fühlte und irgendwie war ich froh, meinem Heimoffice für eine Weile zu entkommen.

Hesitate

Ich wusste nicht warum, vielleicht weil Maxi eine Ähnlichkeit zwischen sich und dem Jungen auf dem Foto festgestellt hatte, jedenfalls hörte Patrick nicht auf in meinem Kopf herum zu spuken. Ich versuchte, meine Erlebnisse mit ihm heraufzubeschwören, doch es tauchten nur Erinnerungsfetzen auf; Brandgeruch, das Gefühl eingesperrt zu sein, Angst. Nichts Greifbares, nur atmosphärische Eindrücke, die mich in eine sentimentale, klamme Stimmung versetzten.

Ich war Maxi eine Antwort schuldig geblieben – ob ich ihn auch verpetzt hatte? Ich wusste es nicht – damals war ich ein Kind, konnte mich an vieles nicht erinnern. Ich wusste nur, dass ich sehr unter seinem plötzlichen Verschwinden gelitten hatte und schlimmer noch, dass ich, als er weg war, auf alle meine Fragen keine Antwort bekommen hatte. Wo ist Patrick, Mama, wann kommt er wieder? Mag er mich nicht mehr? Irgendwann hörte ich mit der Fragerei auf.

Ich zermarterte mein Hirn, kramte in meinen Fotoalben, fand jedoch keinen neuen Hinweis. Bis mich APs Sehnenzerrung auf eine Spur brachte. Joey hatte mir den

Rat gegeben, bald einen Hufschmied zu konsultieren und da fiel mir Onkel Werner ein. Seit der Beerdigung meiner Eltern hatte ich ihn nicht mehr gesehen, damals wohnte er noch in Mörlenbach. Er war ein gefragter Hufschmied, immer auf Achse, jederzeit bereit für ein Viertele oder ein kleines Abenteuer oder beides Es würde schwer sein ihn zu erreichen. Doch ich hatte Glück.

Seine Handynummer fand ich in meinem alten Adressbuch, damals hatte ich noch doppelte Buchführung betrieben, heute speichere ich alle Daten nur digital ab, ziemlich leichtsinnig, wie ich zugeben muss. Er nahm sofort ab, im Hintergrund hörte ich Hammerschläge, jemand klopfte ein Hufeisen auf. „Vera, ja gibt es dich auch noch?", rief er, sichtlich erfreut über meinen Anruf. Mit Mühe konnte ich mein schlechtes Gewissen unterdrücken und sagte schnell: „Mein Pferd hat einen Sehnenschaden."

„Ende der Woche im Stall?", schlug er vor, ganz Geschäftsmann. „Aber vorher treffen wir uns zum Mittagessen." Er nannte mir die Gartenwirtschaft Grüner Baum im Gorxheimer Tal vor. „Dort fahr ich manchmal auf ein Viertele vorbei, sie kennen mich und meinen Stallgeruch, da brauch ich mich nicht extra rauszuputzen."

Er saß vor seinem Glas Riesling, dem ersten, wie er betonte, streckte mir zur Begrüßung seine Hufschmiedepranke hin, eine große, grobe Hand, rau wie eine Nagelfeile. Ließ sich von meinen Pferden erzählen, schüttelte mitleidig den Kopf, als er von APs Unfall hörte und bot mir an, ihn zu untersuchen. „Ein guter Hufbeschlag wirkt manchmal Wunder", sagte er. „Marianne!" Er winkte der Kellnerin.

Unter der großen Linde im Garten erinnerten wir uns zu Rippchen und Sauerkraut an alte Zeiten. Es tat gut, mit jemandem zu reden, der mich von Kindheit an kannte und noch dazu jemand wie Onkel Werner, Pferdemann bis ins Mark. Er hatte mich mit dem Pferdevirus angesteckt, den ich nie mehr loswurde. Mit sechs Jahren setzte er mich zum ersten Mal auf das Pony Sissi und führte mich eine Runde über seinen Hof. Von da an plagte ich Tag für Tag meine Eltern, bis sie mit mir wieder zu Onkel Werner fuhren und er für mich das Pony sattelte. Es dauerte nicht lange und ich konnte reiten.

„Wie war das mit meinem Vetter? Erinnerst du dich an ihn – Patrick?"

„Der Junge hat sich mehr für Traktoren und Autos interessiert. Samstags ging er zum Judo-und Karatetraining, mit zehn kämpfte er schon in der Jugendmannschaft", sagte Onkel Werner. Seine Geschichten stießen mein Erinnerungsvermögen an, es war als löse sich eine Blockade: „Genau – und geboxt hat er auch, als Leichtgewicht – er kam immer völlig verdreckt und mit zerrissenem T-Shirt nach Hause, gab mir einen Knuff und behauptete, ich stinke nach Pferdemist."

Plötzlich brummte mein Handy. „Entschuldige, Onkel Werner, jemand vom Stall, du bist mir doch nicht böse, ich muss los."

„Aber woher denn!"

Die Kellnerin, die sich in enge, schwarzglänzende Jeans gezwängt hatte, war schon das dritte Mal an unserem Tisch vorbeigekommen. Der Schmied winkte ihr: „Die Rechnung geht auf mich, aber bring mir vorher noch ein Viertele,

Marianne", sagte er. Er legte seine Brieftasche auf den Tisch, dabei fiel eine Karte aus seiner Jackentasche.

Ich bückte mich. „Was Wichtiges?", fragte ich. Es war eine Kunstpostkarte – ein Holzschnitt aus dem Mittelalter, wie sie in Museumsshops verkauft wurden. Das listige Pferd und der tote Pferdeknecht. Und daneben eine Hexe. Mein Onkel nahm mir die Karte aus der Hand und steckte sie wortlos ein. Er wirkte auf einmal abwesend, schien plötzlich verändert, der große starke Mann schien irgendwie geschrumpft. Bevor ich ihn fragen konnte, woher er die Karte hatte, sagte er: „Und denk dran – ein guter Hufbeschlag ist oft besser als zwei teure Tierarztbesuche."

„Auch bei Sehne?"

„Auch bei Sehne!", sagte Onkel Werner. Er war wieder ganz der Alte „Bis zum Wochenende! Nach einer Woche Boxenruhe kannst du ihn wieder auf hartem Boden führen."

Kurz nach dem Unfall rief mich Lydia an. Dass Small Talk nicht ihre Sache war, hatte ich schon gemerkt. Auch jetzt kam sie direkt zur Sache: „Ich war nicht gerade freundlich neulich – ich hatte mich so auf mein Pferd gefreut und dann kam dieser blöde Zwischenfall, vielleicht verstehst du mich!"

Obwohl mich ihr Anruf überrumpelte, konnte ich ihr nicht böse sein. Was hätte ich denn an ihrer Stelle getan? Ein verletztes Pferd hätte ich bestimmt nicht gekauft.

„Es ist, wie es ist, Lydia", sagte ich. „Und Maxi freut sich, dass AP noch auf der Go-West-Ranch steht, bald kann er wieder laufen, mein Onkel Werner sagt, eine Sehnenzerrung ist kein Beinbruch."

„Na prima. Und Joey hat ja schon was Anderes für mich in Aussicht!", sagte sie.

Hatte sie mich angerufen, um mir diese Neuigkeit unter die Nase zu reiben? Was sie mit Joey vorhatte und er mit ihr, interessierte mich nicht besonders. Ich wollte das Gespräch beenden, aber sie ließ sich nicht abwimmeln. Jetzt rückte sie mit dem wahren Grund ihres Anrufes heraus: „Vielleicht kann mir deine Maxi mit dem neuen Pferd helfen, sie hat ja nichts mehr zu reiten und Joey sagt, sie ist ein Naturtalent, da wäre es doch schade, wenn sie es nicht ausbaut!"

Wollte sie Maxi abwerben? Auf dem Leierhof war so etwas gang und gäbe gewesen. Zuverlässige Pflegemädchen waren nicht leicht zu finden, vor allem solche, die so gut ritten wie Maxi und selbständig mit einem Pferd arbeiten konnten. Meinen Kolleginnen auf dem Leierhof war nicht lange verborgen geblieben, dass ich mit meinem Pflegemädchen das große Los gezogen hatte, sie hatten sie mit allen möglichen Versprechungen gelockt, ja ihr sogar Geld fürs Reiten angeboten, doch Maxi hatte allen Abwerbeversuchen standgehalten, weil sie viel von Iris lernte und weil sie sich in Nine verliebt hatte.

„Und sie ist hübsch, deine Tochter", fügte sie hinzu. „Wirklich hübsch!"

„Maxi ist meine Pflegetochter." Warum ich das sagte, wusste ich nicht, ob Tochter oder Pflegetochter, darauf kam es wirklich nicht an, vielleicht wollte ich ihr einfach nur etwas entgegensetzen, egal was.

„Ach so?", sagte Lydia mit einem merkwürdigen Ausdruck in der Stimme, so als ob sie sagen wollte: Das erklärt alles. „Ähnlich seht ihr euch nicht gerade!", fügte sie hinzu.

Es war mir egal, was sie dachte, aber mir wurde klar, dass ich Maxi von ihr fernhalten musste. Ich schwieg, und gerade als die Stille drückend wurde, und ich nur darauf wartete, dass sie endlich auflegte, rückte Lydia mit dem zweiten Grund ihres Anrufes heraus.

„Kannst dir's ja mal überlegen. Und noch was: Joey hat mir erzählt, dass du Biographien schreibst – und sowas?"

Ich verbarg meine Überraschung und beschränkte mich auf eine sachlich neutrale Antwort: „Ich habe ein Ghostwriter-Büro, schreibe Examensarbeiten und Biographien, alles, was meine Kunden wünschen. Texte für die Homepage zum Beispiel, Werbung oder Bewerbungsschreiben."

„Ich hätte einen Auftrag für dich."

„Ja? Worum geht es?"

„Das sage ich dir am besten bei einer Tasse Tee. Könntest du morgen Nachmittag zu mir ins Atelier kommen?"

Es war das Atelier, die mich anzog. Die einzige Künstlerwerkstatt, die ich kannte, war das ehemalige Trafohäuschen am Neckar, das mein Kollege Helmut eine Zeit lang bewohnt hatte. In einem kleinen verwilderten Garten, romantisch am Fluss gelegen und nur mit dem Fahrrad oder zu Fuß zu erreichen, war es das ideale Ambiente für kreative Künstler, denen es an nichts fehlte außer an Geld. An Geld schien es Lydia bestimmt nicht zu mangeln.

Am nächsten Nachmittag lotste mich mein Navi ins Industriegebiet am Rande von Heddesheim. Obwohl ich gerade in eine Sackgasse einbogen war, an deren Ende ein paar Schrottautos herumstanden, behauptete mein Navi: ‚Ziel erreicht'. Beinah hätte ich wieder gewendet, doch dann fiel mein Blick auf

Lydias Kombi, der vor einem unscheinbaren Bungalow stand. Weil ich an der Haustür keine Klingel entdecken konnte, zog ich mein Handy aus der Tasche und tippte ihre Nummer ein.

Lydia hatte wohl gerade mit Ton gearbeitet und ihre Hände nur flüchtig an ihrem über und über mit Papageien bedruckten Kimono abgewischt. „Hey, komm rein, Händeschütteln geht gerade nicht!", sagte sie. Ich stand in einem lichtdurchfluteten Vestibül, von dem aus drei Stufen zu einem großen Raum führten, an dessen Wänden Gemälde hingen. Der Raum öffnete sich zu einem Garten im japanischen Stil, Bambusstängel wiegten sich im Wind, ein Kiesweg führt zu einem kleinen Teich, der mit Seerosen bedeckt war. Sie führte mich zu einem luftigen Pavillon, wo ein Teetisch gedeckt war. Auf dem Tisch lag ein Buch, gebunden in einem rotschwarz marmorierten Einband, das mich an die alten Märchenbücher meiner Großmutter erinnerte. Lydia hob ihre schmutzigen Hände hoch und sagte: „Setz dich schon mal! Ich bin gleich wieder da."

Kurz darauf kam sie zurück, sie schenkte Tee ein, reichte mir eine Schale mit Ingwerkeksen. Lydia nahm sich Zeit für jeden Handgriff. Ich legte mein Handy mit eingeschaltetem Mikro auf den Tisch und versuchte meine Ungeduld zu verbergen. Nach einer gefühlten Ewigkeit sagte sie: „Ich will, dass du meine Geschichte für mich schreibst. Ich habe deine Website studiert, ich habe das Gefühl, dass du die Richtige bist."

Ich nickte aufmunternd, wartete, dass sie mir die Aufgabe erläuterte, doch sie sagte nur: „Willst du dich darauf einlassen?"

„Woher weißt du so genau, dass ich die Richtige bin?", sagte ich.

„Ich bin mir sicher, doch wir könnten zuvor einen Test machen. Ich lese dir einen Text vor – du sagst mir, was dir dabei durch den Kopf geht. Okay?"

Sie schlug das Buch auf, stellte sich in Positur. Sie begann zu lesen, ein wenig schleppend und monoton und betonte dabei bestimmte Silben auf übertriebene Weise. *„Ein Kind saß vor der Haustüre auf der Erde und hatte sein Schüsselchen mit Milch und Weckbrocken neben sich und aß. Da kam eine Unke gekrochen und senkte ihr Köpfchen in die Schüssel und aß mit. Am andern Tag kam sie wieder und so eine Zeit lang jeden Tag. Das Kind ließ sich das gefallen, wie es aber sah, dass die Unke immerfort bloß die Milch trank und die Brocken liegen ließ, nahm es sein Löffelchen, schlug ihr ein bisschen auf den Kopf und sagte: Ding, iss auch Brocken!"*

Lydia sprach mit einer roboterhaften Stimme. Ihr Vortrag machte mich beklommen, aber mehr noch verwirrte mich der Inhalt des Märchens. Mit jedem neuen Satz fragte ich mich, was sie eigentlich von mir erwartete?

„Das Kind war seit der Zeit schön und groß geworden, seine Mutter aber stand gerade hinter ihm, und sah die Unke, wie sie herbei lief und schlug sie tot; von dem Augenblick an ward das Kind mager und ist endlich gestorben."

Lydia hielt inne, sah an mir vorbei, zu irgendeiner Stelle im Gebüsch, wo es geraschelt hatte. Dann sagte sie: „Na, was denkst du?"

„Meine Güte, wie grausam!"

„Märchen sind immer grausam, daran erkennst du sie." Sie redet wie eine Lehrerin.

Ich wollte etwas sagen, doch mich ergriff eine stumpfsinnige Sprachlosigkeit, wie ich sie als Kind erlebt hatte; Wortklumpen verklebten sich in meinem Kopf. Ich zwang mich zu reden, weniger um zu antworten, sondern um mich aus meiner bedrückten Stimmung zu befreien. Es ging mir nicht um das Honorar, obwohl ich das Geld dringend hätte brauchen können, ich musste einfach reden. Ich kam mir vor wie eine Schülerin, die versuchte, sich an einen fremden Text heranzutasten: „Das Mädchen – es hat keinen Namen –, hat die Unke gern. Es kann mit ihr sprechen. Kinder können mit Tieren sprechen, vielleicht kennst du die Geschichte von Mary Poppins? Das Kind und die Unke verstehen sich ohne Worte, das Äußere der Kröte ist für das Kind nicht wichtig."

Lydia hörte aufmerksam zu. „Kommt es auf etwas anderes an, meinst du das? Worauf denn?" Sie gierte nach meiner Antwort, als erwarte sie ein Urteil, flog es mir durch den Kopf. Ich hatte mich in etwas verrannt – mein Job war es Sachtexte zu schreiben, philosophische oder psychologische Spekulationen waren nicht meine Sache und Geschichten auch nicht. „Märchen geben keine Antworten", sagte ich, „sie stellen Fragen, die Antworten müssen wir selbst finden."

„Unheimlich, nicht?" Sie stierte mich an, trommelte mit den Fingerspitzen auf den Tisch. Ich blieb still.

„Welche Fragen denn?" sagte sie endlich.

„Keine Ahnung." Ich verstand das Märchen ja noch weniger als sie. Ich hätte nicht kommen sollen, meine Neugier hatte mir einen Streich gespielt. Ich wollte aufstehen und mich verabschieden, doch sie streckte mir die Hand hin. „Ich will eine Geschichte über die Unke. Von dir."

„Eine Geschichte, Lydia? Ich glaube, das geht nicht. Doch

ich könnte dir eine Frage stellen: Wenn du die Frage kennst, findest du vielleicht selbst die Antwort und kannst die Geschichte selbst schreiben?"

Lydia sah mich träumerisch an. „Sprich weiter", sagte sie. „Welche Frage?"

„Was ist Schönheit?", sagte ich. „Ich glaube, das Märchen gibt darauf eine Antwort. Es erklärt, worin Schönheit besteht." Ich war selbst überrascht, was ich da sagte. Es war mir zugeflogen, warum und woher wusste ich nicht. Lydia zog die Stirn kraus, betrachtete einen Moment ihre schwarz lackierten Zehennägel, dann klärte sich ihre Miene auf und sie sagte: „Das klingt gut! Du bist die Richtige!" Ihre Hand war immer noch ausgestreckt, doch ich zögerte immer noch mit dem Einschlagen.

„Ich will eine Vernissage für meine Skulpturen ankündigen, kreativ, bunt und anders als das, was die anderen machen. Lass dir was einfallen! Keine Angst, Geld spielt keine Rolle. Ich brauche eine ungewöhnliche Geschichte für meine Webseite", setzte sie hinzu.

„Meine Tarife stehen auf meiner Homepage", sagte ich kurz und gab ihr meine Karte. „Ich schlage vor, wir lassen uns Zeit und du überlegst es dir noch einmal", Nach allem, was mir Joey von ihr erzählt hatte, musste sie jetzt bitter enttäuscht sein. Sie fuhr sich mit der Hand durchs Haar und atmete tief aus. Ich konnte ihr nichts Besseres vorschlagen, alles andere wäre unaufrichtig und gewollt gewesen. Doch ich bemühte mich um ihr Einverständnis.

„Hesitate", sagte ich und hoffte, dass sie mich verstehen würde, wüsste worauf ich anspielte. „Du weißt doch, wie wichtig das beim Reiten ist: Eine kleine Pause machen, locker lassen, ruhig stehen bleiben, die Welt um sich herum vergessen, den Trubel, ganz entspannt stehen bleiben und dann geht's wieder los."

„Nie gehört", sagte sie. „Aber es klingt nicht schlecht. Merk ich mir! Hesitate!"

Auf dem Kiesweg näherten sich Schritte. „Da kommt jemand", sagte sie ärgerlich. Eine Männerstimme rief ihren Namen.

„Oh, das ist Janic, er hat euch geholfen den Karren aus dem Dreck zu ziehen!" Janic stand vor der Terrasse, in Jeans und Cowboystiefeln. Sie lachte über ihren eigenen Witz und ging auf ihn zu. „Wo soll ich die Kisten mit dem Ton hinstellen?", fragte er, dann erkannte er mich. „Oh, hey Vera! Ich will euch nicht stören!"

Lydia deutete auf die Veranda. „Dorthin, da kann ich zu arbeiten anfangen."

Sie ging mit mir durch den Garten ins Haus, vorbei an einer Reihe von Skulpturen, die hintereinander auf den Verandastufen aufgestellt waren. Es waren Frauenköpfe aus Ton in verschiedenen Größen, manche überlebensgroß, manche klein und zierlich, doch das Verstörende war, dass den Köpfen die Schädeldecken fehlten und die Gesichtshaut über und über mit Narben bedeckt war und rissig aussah.

„Wie bist du auf die Idee mit den offenen Köpfen gekommen?"

„Vielleicht wegen der Unke?", sagte sie nachdenklich. „Ja, ich glaube, das Märchen hat mich inspiriert. Die Köpfe, sie haben einen offenen Geist. Freiheit – künstlerische Freiheit."

Aber die Narben? Hinterließ die Freiheit Narben? Vielleicht schon, dachte ich. Darüber hätte ich gerne mit ihr geredet, doch sie schien sich nicht auf weitere Erörterungen einlassen zu wollen. Sie lächelte vage und sagte: „Du hast dein Handy vergessen!"

Wie durcheinander muss ich gewesen sein, dass ich mein Fon auf dem Teetisch hatte liegen lassen! Mit eingeschaltetem Mikro! Aber das hatte sie wahrscheinlich gar nicht bemerkt. Ich überlegte noch kurz, ob ich es ihr sagen sollte, doch dann entschied ich mich dagegen. Viel hatten wir ja nicht miteinander gesprochen und das Märchen war sicherlich auf einer Märchenseite im Netz abgedruckt und kein Geheimnis.

Sie hielt mir schweigend die Tür auf. Ich trat auf den schmutzigen, mit Ölflecken besudelten Parkplatz hinaus. Kaum hatte ich den Zündschlüssel umgedreht, stellte sich mein Kopfkino ein, ich konnte nichts dagegen tun. Während der ganzen Fahrt tauchte Janic vor meinem geistigen Auge auf, sein wettergegerbtes Gesicht, die tiefen Falten von den Nasenflügeln bis zum Kinn, dunkelgraue Schatten auf den Wangen und um die Augen; erste graue Fäden im dichten schwarzen Haar, das er mit einem Stirnband bändigte. Er hielt sich mit Gelegenheitsjobs über Wasser. Verwegen? Ungepflegt? Könnte mein verschollener Vetter heute so aussehen? Mit diesem Typen hatte sich Maxi angefreundet! Schnell schob ich den Gedanken zur Seite und konzentrierte mich auf die Straße.

Als ich die Haustür aufschloss, vibrierte mein Handy. Ich hatte mir vorgenommen, keine Nachricht mit unbekanntem

Absender mehr anzunehmen, doch jetzt klickte ich sie auf, ohne auf das Display zu schauen wie unter einem Zwang.

„*Knusper, knusper Knäuschen, wer knuspert an deinem Häuschen? Na? Steht dein Knusperhäuschen noch? Sind alle da, fehlt niemand? Das Mäxchen vielleicht? Übt ihr noch das Back up? Ganz einfach ist das, alles geht zurück! Ging doch schon mal richtig gut! Wie am Schnürchen. Und am Ende ist nichts mehr da. Wie im richtigen Leben. Und haben die Ponys genug zum Fressen? Heu ist teuer, es regnet nicht, riechst du schon Brandgeruch? Knusper, knusper, Knäuschen. Ja, das Leben ist kein Ponyhof. Übt nur schön weiter! Stets ein alter Bekannter.*"

Mein trockener Mund, ich rang nach Luft, kämpfte mit einem Schwindelanfall. Ein Hammer flog durch die Luft, jemand lachte hämisch, ein metallischer Geruch nach abgestandenem Blut durchflutete mich, es wurde schwarz um mich herum, roch nach Leder und Schuhcreme. Ein kurzes Aufblitzen, ganz kurz vor der Erinnerung, dann war alles wieder weg. Ich schüttelte mich, ließ die Haustür mit einem lauten Knall ins Schloss fallen und meine Spannung löste sich in einem lauten Lachen. Allmählich wurde das Spiel wirklich zu dämlich. Ich klickte auf ‚löschen', stellte das Handysignal wieder auf laut und ging schnell in die Küche und goss mir ein Glas Wasser ein.

Matters oft he Heart! Gerson hatte es mir ganz zu Beginn unserer Beziehung aufgeladen und ich hatte es immer noch nicht durch einen neuen Ton ersetzt. Jedes Mal, wenn mich jemand anrief, riss mich Matters of the heart aus meinen Gedanken und ich hatte mir schon hundertmal vorgenommen, bei der nächsten Gelegenheit ein anderes Signal zu suchen.

Doch irgendwie war es nicht dazu gekommen. Diesmal war Joey dran: „Wo bleibst du eigentlich?", fragte er. „Wir sind seit zehn Minuten verabredet. Wenn du nicht gleich kommst, fahre ich noch bei Lydia vorbei. Ich muss mit ihr besprechen, wann wir das neue Pferd anschauen."

„Nur noch schnell umziehen", sagte ich.

Wehmütig dachte ich an meine dunkelblaue Reithose mit Ganzlederbesatz und meine engsitzende abgesteppte Reitweste. Meine schwarzglänzenden Reitstiefel sahen immer noch aus wie neu. Und den schwarzen Zylinder hatte ich nur ein einziges Mal aufgesetzt, als ich mit Nine bei einer L-Dressur gestartet war und eine grüne Schleife mit nach Hause gebracht hatte. Vielleicht konnte ich ihn bei Ebay versilbern. Oder trugen die Dressurfreaks inzwischen auch eine Kappe? Safety first? Wie auch immer, mit Nine würde ich in diesem Leben bestimmt keine Dressurlektionen mehr reiten, dachte ich und zwängte mich in meine steifen Blue-Jeans.

Lydias Plätzchen hatten ein Loch in meinen Magen gebohrt, im Kühlschrank musste noch ein Stück Gemüsepizza von gestern sein; ich wollte wenigstens einen Happen essen, was ich nicht schaffte, konnte ich mit in den Stall nehmen. Aber am Küchenschrank klebte ein Zettel mit einem dicken Smiley: „Danke für die Pizza! Sehen wir uns im Stall? Joey nimmt mich mit. Eine feste Umarmung, Maxi."

Change of direction

Das Gartentürchen stand offen, die Haustür war nur angelehnt. Maxi lag mit Turnschuhen auf der Couch im Wohnzimmer und hörte laute, nervige Popmusik. Joey schien sich allmählich zu so etwas wie einem Taxiunternehmen für Pferdemädchen zu entwickeln, so schön das für Maxi war, mir war es nicht ganz geheuer. Ich kannte Joey inzwischen so gut, um zu wissen, dass er bei all seinen guten Taten immer einen kleinen Hintergedanken hegte. Mit dieser Dienstleistung versprach er sich bestimmt etwas.

„Hi!", versuchte ich mich verständlich zu machen. „Hat Joey dich gebracht?"

„Nicht Joey, Janic!", glaubte ich zu hören. „Was?" Wahrscheinlich hatte ich mich verhört, die Musik war einfach zu laut, und ich müde und verschwitzt. Ich ging zu ihr. „Wir reden später – muss erst mal duschen."

Mit der Fernbedienung knipste sie die Musik leiser. „Er hat mich mitgenommen", sagte sie. „Janic auf seinem Motorrad."

„Janic?", sagte ich erschrocken. „Der Stallknecht? Er hat ein Motorrad? Hat er dir wenigstens einen Helm gegeben?"

„Was für ein Stallknecht? Es war Janic, hab ich doch gesagt! Keinen Helm, aber einen Hidschab", sagte Maxi und lachte. Sie hielt mir ein übergroßes Kopftuch unter die Nase. „Das tragen die Frauen in Afghanistan." Ich wischte das Tuch zur Seite: „Maxi hör mir zu! Ich will nicht, dass du dich von einem fremden Mann auf dem Motorrad mitnehmen lässt. Noch dazu ohne Helm!"

„Aber Vera, Janic ist doch kein fremder Mann! Du kennst ihn doch auch schon! Er ist voll nett. Das Beste habe ich noch gar nicht erzählt: Ich darf Perle reiten. Janic zeigt mir morgen die Bedienungsanleitung."

„Wie bitte?"

„Ich darf Perle reiten!"

„Das habe ich verstanden. Aber was meinst du mit ‚Bedienungsanleitung'?

„Janic sagt, das Ding läuft sowas von geil, einfach Wahnsinn. Man muss nur ein Kommando denken und schon setzt sie es um. Das will er mir zeigen."

„Maxi! Welches Ding?"

Sie hatte mich falsch verstanden, oder wollte es vielleicht sogar, denn sie sagte: „Ach so, du meinst das Kopftuch? Das hab ich von Janic. Er hat es einer Frau ausgezogen, die bei einem Attentat verletzt worden ist." Sie zeigte mir einen Zipfel des Tuchs. „Da sind noch Brandspuren dran, toll!"

„Und was ist daran so toll?"

„Na, das Ding ist echt!"

Ich versuchte ruhig zu bleiben und ließ mich auf keine weitere Diskussion ein. „Muss endlich duschen", sagte ich. Sie knipste die Musik wieder an, obwohl ich immer noch neben ihr stand. „Wir sind die ganze Stunde galoppiert!" Die Musik war jetzt noch lauter als vorhin. Okay, ich konnte gehen, bei dem Geräuschpegel verstand ich mein eigenes Wort nicht mehr.

Ich stellte meine Stallschuhe auf die Terrasse und legte meinen Reithelm ins Kämmerchen. Als mir das heiße Wasser über Kopf und Schultern rann, zuckte ich vor Schmerz zusammen. Ich war zum ersten Mal ziemlich lang auf einem Westernpferd galoppiert, mit offenen Knien und hängenden Beinen und Zügeln so lang wie Wäscheleinen. Obwohl der Westernsattel bequem zu sitzen war, war er auch sehr hart und mein Hinterteil fühlte sich an wie ein Reibeisen. Es würde noch eine Weile dauern, bis sich meine Haut an die harten Blue-Jeans gewöhnt hatte.

Ich massierte meinen Kopf mit meinem Lieblingsshampoo Red Rose, atmete den Rosenduft ein und fühlte die Anspannung von mir weichen. Als ich zum Schluss den Wasserhahn auf eiskalt stellte, gelang es mir endlich, meine Gedanken einzufangen. Gut möglich, dass sie mir wieder eine von ihren irren Geschichten erzählt hatte. Als Gerson noch bei uns lebte, hatte sie uns oft Geschichten aufgetischt, die so übertrieben klangen, dass wir sie nicht glauben konnten. Manchmal hatten wir uns Sorgen gemacht und uns gefragt, warum sie solche Stories erfand. Dass ihre deutschen Eltern sie auf einer Ferienreise nach Indien in einem Slum in einer Pfütze haben sitzen sehen und sich in sie verliebten, weil sie so niedlich aussah. Ihre leibliche Mutter wollte sie zu einem horrenden Preis verkaufen, den ihre deutschen Eltern um die Hälfte heruntergehandelt hatten. Zu dieser Geschichte passte Maxis dunkler Teint, ihre zarte Gestalt und ihre braunen, mandelförmigen Augen, doch alles andere war reine Erfindung und nichts davon entsprach dem, was ich mit Maxi erlebt hatte. Ich hatte ihre alkoholabhängige Mutter ein oder zweimal gesehen; sie sprach Heidelberger Dialekt und wohnte im Pfaffengrund. Gerson und ich trösteten uns damit, dass unsere Pflegetochter eine überschäumende Phantasie hatte und versuchten, sie sachte auf die Wahrheit hinzuweisen, meistens ohne Erfolg. Entweder sie reagierte nicht auf unsere Einwände oder sie wurde ärgerlich und knallte mit der Tür.

Es dauerte nicht lange und Maxi lief mir ins Badezimmer nach. „Das Pferd ist sowas von genial! So eins habe ich noch nie geritten! Noch nie!", trompete sie. Ihre Begeisterung alarmierte mich. Sie wirkte wie unter Drogen – aber nein, das kannte ich ja selbst – ein richtig gutes Pferd zu reiten hatte etwas Toxisches.

„Erzähl mir alles später!", sagte ich und stellte bibbernd die Dusche ab. Maxi blieb auf der Türschwelle stehen. „Perle, meine ich. Rate mal, welche Rasse?" Ich angelte nach meinem Badetuch und gab keine Antwort. „Egal, errätst du sowieso nie: eine Araberstute. Hat er aus Afghanistan mitgebracht. Natürlich heißt sie nicht wirklich Perle, das ist nur die Übersetzung."

„Afghanistan?" Ich frottierte meine Haare.

„Perle, auf Patschun heißt sie ..."

„Maxi!"

„Hör mir doch endlich zu: Ich durfte Perle reiten, die Araberstute von Janic, die er aus Afghanistan mitgebracht hat."

„Ja! Ich hab's kapiert. Gibt es in Afghanistan Araberpferde?", fragte ich. Mein Erstaunen war echt.

„Warum nicht – hier gibt es sie doch auch, oder?" Das Argument war unschlagbar.

Während ich mich abtrocknete, erfuhr ich alles über den Unterschied zwischen einer Araberstute und einem Freiberger-Trakehner-Mix. Damit meinte sie AP. „Janic sagt, es ist so, als ob man einen Traktor mit einem Jaguar vergleichen würde. Und solange er nicht läuft, darf ich Perle reiten."

„So?", sagte ich.

„Ja, Janic! Wo der schon überall war! In Afghanistan hat er gegen die Taliban gekämpft, war sogar mal Geisel oder sowas, aber sie haben ihn freigekauft. Die Frauen tragen die Burka – ganz schwarz, von oben bis unten."

„Kann man darin reiten?", sagte ich, weil mir nichts Besseres einfiel.

Sie schaute mich grinsend an, als wollte sie sagen: Arme Irre! „Hast du was zum Abendessen mitgebracht?", sagte sie.

„Ich? Wieso?" Ich war vor dem Reiten schon hungrig gewesen und hätte zwei Cheeseburger auf einmal vertilgen können, doch in unserem Kühlschrank sah es wieder einmal so übersichtlich aus wie in einer matten Eiswüste.

Maxi verschwand und kam mit dem Telefon zurück. „Was für eine Pizza willst du, Vera? Ich nehme Tomaten und Rucola ohne Parmaschinken und Käse." Ich entschied mich für Pizza Vera, mir war egal, was drauf war, mir gefiel der Name.

„Du hast doch hoffentlich keine Anzeige aufgegeben?", sagte Maxi während des Essens, ohne mich dabei anzuschauen. Es klang so, als redete sie von einer Anzeige bei

Ebay, doch ich nahm mir nicht die Zeit, sie über die Tücken der deutschen Sprache aufzuklären. Maxi widmete sich intensiv dem verbrannten Endstück der Pizza und schob es an den Tellerrand. „Zu schwarz", sagte sie.

„Wieso?" Die Strafanzeige stand immer noch auf meiner To-Do-Liste ganz oben, doch ich war noch nicht dazu gekommen, sie zu stellen, erklärte ich ihr.

„Was? Ach so! Na ja, du weißt ja nicht, wer es war, hast nicht mal das Kennzeichen."

„Genau. Für solche Fälle gibt es die Anzeige gegen Unbekannt", sagte ich.

Sie lachte. „Das kannst du knicken! Sowas guckt die Polizei doch gar nicht an! Die wollen alles genau wissen. Du müsstest ja auch auf die Polizeiwache in Heppenheim oder sonst wohin fahren."

„Da hab ich andere Informationen!"

„Janic weiß so was, rede doch mal mit ihm!"

„Maxi, das lass mal meine Sorge sein."

„Lydia sagt das übrigens auch! Und noch was: Wenn ich einen Job brauche, kann ich ihr im Atelier helfen, cool, oder?"

„Daraus wird nichts", sagte ich. „Du brauchst keinen Job, du hast genug zu tun, die Schule geht allemal vor!"

Maxi schob ihren Teller zurück. „Schmeckt nicht!", sagte sie. Sie igelte sich in ihrem Zimmer ein, weil sie angeblich Vokabeln lernen wollte. Es war eine Warnung: Vokabellernen ging nur mit sehr lauter Musik. Ich stöpselte mir die Ohren mit Wachskügelchen zu, und räumte die Küche auf.

Was war nur in Maxi gefahren? Sie war wie verwandelt. Jedes zweite Wort von ihr war Janic und sie schien nur noch von Perle zu träumen. Irgendwie konnte ich sie verstehen, erzwungene Reitpausen waren scheußlich. Ich erinnerte mich noch gut, wie schwer es mir gefallen war nicht zu reiten, wenn Nine wieder einmal wochenlang lahm ging. Nein, das war es nicht – ich ärgerte mich über Janic; warum mischte er sich in meine Angelegenheiten ein? Warum in aller Welt wollte er uns davon abhalten, eine Strafanzeige zu stellen? Er beeinflusste Maxi und gab ihr falsche Infos. Es war, als habe er sie komplett umgepolt – change of direction, um in der Westernsprache zu bleiben. Und Lydia schien auch kräftig mitzumischen. Warum ließen sie meine Tochter nicht einfach in Ruhe?

Ich zog den Stöpsel aus dem Spülbecken, röchelnd drehte sich das Wasser im Ausguss. Immerhin – Maxi hatte mich wieder daran erinnert: Ich musste endlich die Anzeige in Angriff nehmen.

Vom Anfängerkurs wusste ich, dass man In Hessen Strafanzeigen online melden konnte. Die Belehrung auf der Homepage wies darauf hin, dass man keine Strafanzeige gegen einen nahen Familienangehörigen stellen durfte. Das galt natürlich nicht für mich. No excuses, dachte ich. Fang endlich an, Vera!

Ich beantwortete eine Frage nach der anderen und vertiefte mich so in meine Arbeit, dass ich das Klingeln des Telefons überhörte und als ich aufschaute, nur noch das rote Lämpchen blinken sah. Ich wurde unruhig und drückte auf den AB, nichts. Jetzt war es mit meiner Ruhe vorbei. Ich lauschte, arbeitete weiter, lauschte wieder – nichts! Als ich das Formular zu Ende ausgefüllt hatte und auf senden klickte, wusste ich: gleich würde es läuten – und wirklich! Ein leiser Ton wie aus weiter Ferne. Kein Wunder, dass ich nichts gehört hatte, denn ich hatte immer noch die Ohren mit Wachskügelchen zugestopft.

„Hallo Vera." Ich hatte mir geschworen, mich nicht mehr mit Gerson zu treffen und nur noch in Notfällen, die Maxi betrafen, mit ihm zu telefonieren. Und jetzt sagte ich: „Hallo", nahm das Wachskügelchen heraus und wartete erst mal ab.

„Wie geht es der Amazone?", sagte er. Wen meinte er, mich oder Maxi?

„Ich wollte dir was von Maxi berichten – wie geht es ihr?"

„Sie hat ein neues Pflegepferd und ist glücklich."

„Das könnte helfen", sagte er nachdenklich.

„Kommt darauf an, wem. Mir jedenfalls nicht, und Alles Paletti auch nicht. Ist irgendwas los?"

„Wir haben uns getroffen, im Café am Marktplatz."

„Ja und?"

„Sie hat mir Geschichten erzählt …"

„Wieder so verrücktes Zeug?"

„Dass sie als Kind ein Meerschweinchen hatte, Mausi. Eines Tages hat ihr Vater …"

Ich unterbrach ihn: „Ihr Vater?" Er hatte die Familie sitzenlassen, als Maxi ein Kleinkind war, das wusste ich von der Jugendpflegerin; Maxi kannte ihn überhaupt nicht und hatte immer nur von ihrer Mutter gesprochen.

„Ja, ihr Vater, eines Tages hat er dem Meerschweinchen die Kehle durchgeschnitten, das Fell abgezogen und es auf den Grill gelegt."

„Gerson! Das ist doch abscheulich!"

„Warte ab, es geht noch weiter, er hat Maxi und ihre Mutter gezwungen, das tote Tier zu essen."

„Und deshalb isst sie kein Fleisch mehr?", sagte ich entsetzt.

„Genau. Ich mache mir Sorgen, dass sie psychische Probleme hat."

„Oder einfach nur eine blühende Fantasie", beruhigte ich ihn.

„Blühend? Wuchernd, würde ich sagen."

„Sie vergisst ihre Geschichten schnell wieder", versuchte ich zu erklären, „das nächste Mal erzählt sie dir was ganz anderes. Sie kann ja auch nie lange zornig sein, und wenn sie mal richtig wütend ist, dann bestimmt nicht lange. Nachtragend ist sie auch nicht."

„Unsere Trennung scheint sie mehr mitgenommen zu haben, als wir dachten. Und sie vermisst Nine, und jetzt hast du auch noch AP verkauft!"

„Moment mal: Du hast dich doch von uns getrennt, und ich habe AP gar nicht verkauft, hat sie das nicht erzählt?"

„Aber du willst ihn verkaufen, da zählt die Absicht!"

„Wirfst du mir etwa vor, dass ich mich von meinen Pferden trennen muss?"

„Ich wollte dir nur sagen, dass du auf sie aufpassen sollst, sie ist in einem schwierigen Alter."

„Danke Gerson, das weiß ich. Gibt es sonst noch was?"

„Alles für heute. Grüß sie schön! Ich rufe dich wieder an."

Die Musik ging zu einem Rap über, die Bässe wurden unerträglich. Die Tür stand offen, sie tanzte zur Musik und sprach den Text mit. „Maxi!", versuchte ich mich bemerkbar zu machen. Und dann noch einmal mit unserer Parole:

„To-om." Das wirkte immerhin, ohne jedoch das befreiende Lachen auszulösen. Bei ihr nicht und bei mir auch nicht. Sie hielt inne. „Was gibt's? Hat jemand für mich angerufen?"

„Gerson lässt grüßen. Mach bitte die Musik leiser!"

„Das ist Rap, Rap muss laut sein. Ach, das habe ich dir noch gar nicht erzählt", sie drückte auf die Fernbedienung. „Ich habe zwei Angebote, wo ich wohnen kann, wenn es hier nicht mehr geht."

„Wie bitte? Warum soll es denn hier nicht mehr gehen?"

„Keine Ahnung, könnte ja sein – du bist in letzter Zeit immer so eckig – Gerson hat mir ein Zimmer angeboten, seine neue Tussi braucht es nicht mehr, und was noch besser ist – ich könnte auch bei Janic wohnen. Er hat einen Wohnwagen im Wald stehen, ganz nah bei der Go-West-Ranch. Wenn's mal später wird, hat er gemeint."

Was erzählte sie mir da? Allmählich verlor ich die Geduld.

„Bist du von allen guten Geistern verlassen?", schrie ich sie an. „Auf keinen Fall! Es wird nicht später! Du bist um zehn zu hause. Und mach endlich die Musik leiser."

„He, nicht so laut!", blaffte sie zurück.

„Du kennst den Mann doch gar nicht."

„Besser als du vielleicht", sagte sie, und fing wieder zu tanzen an. Mühsam schluckte ich meinen Ärger hinunter und knallte die Tür hinter mir zu. Nur noch der Rhythmus böllerte, doch jetzt hätte ich mir laute Trommelmusik gewünscht, um meinen Ärger abzutanzen. Oder um loszuheulen. Mir war alles zu viel – das kranke Pferd, meine ausgeflippte Pflegetochter, mein Job, der kein Geld in meine leere Kasse spülte, bis auf einen seltsamen Auftrag von

Lydia, den ich wahrscheinlich nicht annehmen würde, und Gerson, der den verantwortungsvollen Pflegevater gab. Vielleicht war ich eifersüchtig? Darauf, dass er sich so gut mit ihr verstand und abgesehen von den Treffen im Café und seinem Geldbeitrag gar nichts dafür tat. Und wenn ich an Janic dachte, fühlte einen glühenden Stachelball in der Brust, der mich zu verbrennen drohte.

Spooky

Er wartete am Hofeingang und kam zu mir, als ich aus dem Auto stieg. „Robert", sagte er zur Begrüßung, „Wir sagen doch du, oder?" Robert, der Hofbesitzer, wir hatten uns kurz vorgestellt, als ich Perles Box übernahm. „Kann ich dich kurz sprechen?" Er machte einen ernsten, fast bedrückten Eindruck, schien nicht recht zu wissen, wie er anfangen sollte und sagte: „Vera – Joey hat mir verraten, dass du mit unserem Schmied verwandt bist?"

„Onkel Werner?"

„Genau, Werner Helm."

„Ist was mit Alles Paletti? Mein Onkel hat ihn kürzlich beschlagen, ich kann bald wieder reiten!"

„Nein, nicht dein Pferd – es geht um deinen Onkel."

„Was Schlimmes? Ein Unfall? Zu viele Viertele? Führerschein weg? Soll ich ihn nach Hause fahren?"

„Komme schnell mit in den Stall!"

Vor dem Hoftor stand ein Polizeiauto, das ich erst jetzt bemerkte. Ich machte mich auf das Schlimmste gefasst. Wenn sie eine mobile Geschwindigkeitskontrolle auf der

Landstraße hinter der Kurve versteckt hatten, dann sah es schlecht aus für meinen Onkel. Er nahm sie meistens mit 50 km/h und 30 waren vorgeschrieben. Einen Führerschein hatte er auch nicht mehr, weil er ihn verloren hatte. ‚Ich brauch keinen, die kennen mich doch', sagte er. Und meinte es ernst.

An der Stalltür fing mich die Polizistin ab, fragte nach meinem Namen, ließ sich meinen Ausweis zeigen, wollte wissen, ob ich mit dem Hufschmied Werner Helm verwandt sei. Ich kam mir vor wie in einem schlechten Krimi. Da fragten sie auch immer nach Dingen, die sie bereits wussten.

„Würden Sie mir bitte sagen, was hier los ist? Wo ist mein Onkel?"

Die Polizistin zeigte auf mein Pferd.

Alles Paletti war vor der Box angebunden. Aufgestellter Schweif, weitaufgerissene Augen, in denen das Weiße hervorblitzte, sein ängstliches Schnauben. Und hinter ihm auf dem Steinboden lag Onkel Werner. Neben ihm sein Schmiedehammer, die lange Huffeile, ein paar Hufnägel. „Onkel Werner", entfuhr es mir. Ich wollte mich zu ihm hinunterbeugen, doch die Polizistin griff mich am Arm. „Der Mann ist Ihr Onkel? Werner Helm?"

Ich nickte. „Schnell, einen Arzt, haben Sie noch keinen Arzt gerufen?", fragte ich atemlos.

„Schon weg. Ihr Onkel ist tot. Tut mir leid."

Ich sah sie bestürzt an. „Was? Ein Unfall? Warum ist kein Arzt da? Lassen Sie mich los, ich muss zu ihm."

Ich kniete mich neben ihn; seine Gesichtshaut war aschfahl, die geschlossene Augen, Blut an der Schläfe. Tot, dachte ich, er ist tot. Ich legte ihm die Hand auf die Brust, wollte sein Herz spüren, wollte mich davon überzeugen, dass alles nur eine Täuschung war, eine Ohnmacht, aus der er gleich erwachen würde, doch die Polizistin zerrte mich von ihm weg. „Beruhigen Sie sich", sagte sie. Ich konnte meine Augen nicht von ihm wenden, hoffte, dass er jede Sekunde wieder zu sich käme und alles ein Spuk gewesen wäre.

„Geht's wieder?", fragte die Beamtin nach einer gefühlten Ewigkeit. Mitfühlend klang das nicht. „Ob es ein Unfall war, wird sich herausstellen. Wir wurden gerufen." Sie hielt einen durchsichtigen Plastiksack in die Höhe. „Das hier haben wir bei ihm gefunden, die Karte lag auf seiner Brust."

Verblüfft starrte ich auf die Karte. „Der behexte Stallknecht!"

„Aha! Sie kennen das Bild also? War Ihr Onkel Kunstfreund?"

„Nicht dass ich wüsste, aber diese Karte hatte er in seiner Jackentasche. Sowas wie ein Memento Mori für Schmiede, dachte ich."

„Bitte was?"

„Ein Talisman."

„Woher hatte er die Karte?"

„Keine Ahnung! Sie ist ihm bestimmt aus der Tasche gerutscht."

Sie schüttelte den Kopf: „In seiner Tasche haben wir noch eine gefunden. Haben Sie ihm die Karte geschenkt?"

Ich schüttelte den Kopf. Meine Gedanken verirrten sich im Nebel. Helmut, dachte ich. Ich habe so eine Karte von Helmut! Aber Onkel Werner bestimmt nicht, von wem hat er sie dann? Oder andersherum gefragt, hatte ich sie wirklich von Helmut?

Meine innere Privatdetektivin flüsterte mir zu: Keinen Ton mehr zur Polizistin. Nichts aussagen, nur den Mund halten. Oder selbst Fragen stellen.

„Sagen Sie mir doch endlich: Was ist passiert?"

„Das wüssten wir auch gerne! Wollte Ihr Onkel das Pferd beschlagen? Warum war er allein? Hat er Sie nicht verständigt – oder Sie ihn? Es sieht so aus, als ob er einen Tritt an die Schläfe bekommen hat. Er war sofort tot. Ein Hengst, hat man mir gesagt. Nicht einfach. Nicht mal die Besitzerin kommt mit ihm zurecht, sagen die Leute. Auf keinen Fall allein. Sie sind doch die Besitzerin? Und ihr Onkel war allein."

Mir schwirrte der Kopf bei all den unglaublichen Verdächtigungen. „AP ist kein wildes Pferd! Er ist doch gerade erst beschlagen worden! Wer hat ihn hier draußen angebunden? Mein Onkel sicher nicht! Das ist fahrlässig! Die Pferde werden immer am Schmiedeplatz beschlagen, nie vor der Box. Er hat sein Berufsleben lang Pferde beschlagen, er kannte sich aus. Und mit AP kam er gut zurecht. Er hat mir nichts gesagt. Aber er kennt sich doch aus! Es gibt hier keinen, der mehr Erfahrung mit Pferden hat." Ich redete wie ein Wasserfall ohne Luft zu holen.

Die Polizistin unterbrach mich. „Hatte", sagte sie. Auf einmal kamen mir die Tränen, ich konnte nichts dagegen tun; ich hielt mich an der Boxentür fest und schluchzte. Alles Paletti neben mir stand jetzt ruhig, strahlte Wärme aus und Trost. Er stupste mich mit der Nase an, sein zärtliches Schnauben brachte mich wieder zu mir. Ich schlang meine Arme um seinen Hals und legte meinen Kopf auf seine Schulter. „Sie müssen ihn kastrieren lassen", sagte die Beamtin.

Ich sah sie stumm an; die Frau hatte kein Gefühl für Pferde, es war sinnlos, mit ihr herumzustreiten.

„Was geschieht jetzt mit Onkel Werner?", sagte ich.

„Mit der Leiche? Erst mal feststellen, ob es sich um einen natürlichen Tod handelt, oder um Gewalteinwirkung, ein Schlag von Ihrem Pferd zum Beispiel. Vielleicht sogar Obduktion", sagte die Beamtin. „Wir informieren Sie, wenn wir Näheres über die Todesursache herausgefunden haben, Frau Roth."

Tröstlich war das nicht, sollte es wohl auch nicht sein. Wenigstens war ich die Polizistin los und konnte mich endlich um AP kümmern. Ich führte ihn in die Box zurück. Eigentlich hatte ich ihn heute zum ersten Mal wieder satteln wollen, doch dazu fehlte mir die Kraft. Während ich ihm das Fell striegelte schnaubte er leise, als wäre nichts geschehen. Ich freute mich jedes Mal, wenn ich merkte, wie schnell mein Pferd wieder in die Gegenwart zurückkehrte und hätte viel darum gegeben, so schnell wie er Vergangenes loszulassen. „Bis bald", sagte ich zu ihm und strich ihm über die Stirn, drückte noch einmal auf die Selbsttränke und ging zum Parkplatz. Die Polizistin, die gerade in ihr Auto steigen wollte, winkte mich zu sich. „Eine Frage habe ich noch, Frau Roth", sagte sie. „Hatte Ihr Onkel Kinder?"

„Nein, nur mich, ich bin seine Nichte", sagte ich. Die Frage verblüffte mich. „Das wissen Sie doch?"

Die Beamtin lächelte vielsagend und sagte: „Hatte Ihr Onkel Vermögen, war er reich?"

Sie sucht ein Mordmotiv, fuhr es mir durch den Kopf, wenn er keine Kinder hatte, war ich die einzige Erbin und damit hatte ich auch ein Mordmotiv. So einfach war das. „Mein Onkel war Hufschmied, vielleicht erkundigen Sie sich mal über die Einkommensverhältnisse in diesem Beruf. Das einzige, was er sich gönnte, war ab und zu ein Viertele bei Marianne."

„Oder auch zwei", sagte die Beamtin schnippisch. Ich drehte mich auf dem Absatz um und verließ den Hof.

Auf dem Weg nach Hause musste ich ein paar Mal am Straßenrand halten um meine Tränen abzuwischen. Ich konnte es immer noch nicht fassen. Onkel Werner, den ich gerade wiedergefunden hatte, war tot. Warum war er an diesem Morgen überhaupt zu Alles Paletti gefahren – irgendjemand musste ihm doch den Auftrag gegeben haben? Ob es Lydia war? Vielleicht wollte sie wissen, ob der Kleine bald wieder gesund würde? Aber Joey wollte ihr doch ein neues Pferd beschaffen? Und selbst wenn Lydia ihn angerufen hätte, hätte er mich bestimmt informiert.

An Homeoffice brauchte ich heute nicht zu denken, ich versuchte mich mit Gartenarbeit abzulenken. Ich hatte Maxi versprochen, ein kleines Beet für einen Kräutergarten vorzubereiten. Sie interessierte sich auf einmal für Grünzeug, in der Schule hatten sie Hildegard von Bingens Kräuterlehre durchgenommen und jetzt kaute sie Petersilie zu jeder Mahlzeit. Mal mit Zitrone und Olivenöl und mal als Smoothie. Mein Lieblingsgemüse Lauch lehnte sie strikt ab und behauptete, Lauch sei ein Küchengift. Anscheinend hatte sie auch mit Lydia darüber gesprochen, denn die hatte ihr zwei Samentütchen geschenkt.

Ich grub ein kleines Beet um, das ich mir abgesteckt hatte

um, zog es mit einem Rechen glatt. Jetzt fehlte nur noch das kleine Samentütchen, das mir Maxi gestern gegeben hatte – wo hatte ich es hingesteckt? Richtig, in meine Umhängetasche. Einfach auf die Erde streuen und ein bisschen unterrechen, das war alles. Doch ich musste mir etwas gegen die Schnecken einfallen lassen. Und mir noch ein paar Tütchen Samen von Maxi geben lassen. Ich grub auch noch ein zweites Beet um, dann setzte ich mich unter den Apfelbaum und schloss die Augen. Allmählich beruhigte ich mich, doch Onkel Werner ging mir nicht aus dem Sinn. Ich ließ unsere letzte Begegnung Revue passieren. Wir hatten uns um 8 Uhr im Stall verabredet, doch Pünktlichkeit war nicht seine Stärke. Dafür war er bekannt. Seine Kundinnen drückten ein Auge zu, weil sie von seinen beinah übernatürlichen Fähigkeiten überzeugt waren, wenn es um einen orthopädischen Hufbeschlag ging. Vor drei Tagen war die Luft empfindlich frisch gewesen, aber glücklicherweise war meine rote Kapuzenjacke im Kofferraum gelegen, zwischen Reitstiefeln, Helmen, Jacken, Decken und was ich sonst noch zum Überleben brauchte – Karotten und Leckerlis zum Beispiel.

Ich hatte meine Jacke angezogen, ein paar Karotten in die Tasche gestopft und war zu APs Box gegangen. Auf dem Weg hörte ich Lydias zornige Stimme: „Storm, hör sofort auf!" Sie wollte dem Wallach die Hufe auskratzen und er machte sich ein Spiel daraus, ihr den Huf, kaum hatte sie ihn aufgenommen, wieder wegzuziehen. Mit Schreien kam sie bei dem alten Routinier bestimmt nicht weiter, dachte ich amüsiert. Der Kleine kam mir brummelnd entgegen und fing an meine Tasche zu durchsuchen; ich sah aufs Handy: 8 Uhr 45. Ich nahm den Striegel aus dem Putzkasten und fing an, APs Fell zu rubbeln; er stand mit gesenkten Kopf und hängenden Ohren und ließ sich verwöhnen. In der Hektik und Aufregung der vergangenen Tage hatte ich mir nicht viel Zeit für ihn genommen, jetzt merkte ich, wie sehr ich das ungestörte Zusammensein mit meinem Pferd vermisst hatte. Ich legte meine Arme über seinen Widerrist und meine Wange auf sein warmes Fell, ich hätte ewig so stehen bleiben können.

„Können wir?", sagte eine vertraute Stimme. Ich schreckte auf. Vor der Box stand Onkel Werner.

„Von mir aus", sagte ich. „Ist ja auch schon fast neun!"

„Brauchst du noch jemand zum Aufhalten?"

„Onkel Werner! Willst du mich beleidigen?"

„Aber nicht über Kreuzweh pienzen morgen früh."

„Seh ich so aus?", sagte ich. Ich zog AP das Halfter über und führte ihn aus der Box.

Die Pferde wurden auf der Ranch unter dem kleinen Dach vor der Scheune beschlagen. Onkel Werner hatte seinen Combi mit dem Feuer, den Eisen und dem Werkzeug schon dort abgestellt. Er band sich die große Lederschürze um und befahl: „Vorne rechts." AP stand ruhig und gab mir den Huf. Mit einer großen Zange zog der Schmied das alte Eisen ab und begann das alte Horn abzuhobeln. Ganz anders als Nine, dachte ich, sie hatte sich beim Aufhalten immer tonnenschwer gemacht hatte und war beim kleinsten Pieps zusammengezuckt.

„Lass ruhig mal ab." Onkel Werner ging zum Wagen und

kam mit einem neuen Eisen zurück. Ich nahm den Huf wieder auf, doch plötzlich ging ein Ruck durch mein Pferd. AP riss mir den Huf aus der Hand, stand schnaubend da. Das Eisen fiel klirrend zu Boden.

„Was ist los?"

„Ach, nichts", knurrte er. Er bückte sich ächzend und hob das Eisen wieder auf. „Weiter!"

„Ist irgendwas? Hast du was gesehen?"

„Ach was!" schnaubte er. „Beruhigt euch. Gespenster! Kann gar nicht sein!" Und dann sagte er so etwas wie: „Er sitzt ja im Gefängnis!", aber sicher war ich nicht.

„Wer sitzt im Gefängnis?", fragte ich alarmiert.

„Vera, halt den Huf auf! Es ist nichts, ich sag's doch. Ich werde alt und leide unter Halluzinationen."

Mein Onkel konnte stur sein. Er arbeitete still und konzentriert weiter, bis alle vier Hufe nagelneu beschlagen waren.

„Du weißt: Erst führen auf hartem Boden, dann Schritt reiten, dann …"

„Leicht traben", ergänzte ich, „und dann endlich wieder richtig anfangen!"

„Keine von diesen Westernübungen: Rollback oder Slide, oder wie sie sonst noch heißen. Kannst ihn ja mal wieder satteln und über den Hof führen."

„Wie lange?"

„Lass dir ruhig Zeit, je länger, desto besser."

Ich füllte die Gießkanne ein zweites Mal und goss das Wasser über das neue Beet. Wieder tauchten Gedankenfetzen auf. Wen hatte Onkel Werner gesehen? Eine reale Person, oder Gespenster? Und AP – er war doch die Ruhe selbst, warum reagierte er plötzlich spooky? Ich wusste es nicht, doch ich wusste, wen ich gesehen hatte, wenn auch nur im Vorbeihuschen. Eine Person, Janic mit einem Heunetz; er war auf dem Weg zu Perle, drückte sich, ohne zu uns herüberzuschauen an Onkels Werners Combi vorbei. Hatte er Onkel Werner erschreckt? Ich konnte es nicht glauben. Aber war da nicht noch einer, hinter ihm? Nur ein Schatten, so wie damals auf dem Leierhof. Ein merkwürdiger Zufall. Oder hatte Werner am Ende doch Janic gesehen? Vielleicht war er wegen guter Führung entlassen worden – er wäre nicht der erste, der nach einem Knastaufenthalt Arbeit in einem Reitstall gefunden hätte.

Ich stellte Rechen und Spaten zurück in den Schuppen und zwang mich an den Schreibtisch. Mit Nachdenken kam ich nicht weiter und meine Büroarbeit erledigte sich nicht von selbst.

Horse and dog trail

Lustlos erledigte ich alle liegengebliebenen Aufträge, druckte Texte aus, tütete sie ein und fuhr sie zum Post-Shop. Bezahlte und stellte Rechnungen, ordnete meine Belege für die Steuererklärung und musste feststellen, dass meine Ausgaben die Einnahmen bei weitem übertrafen. Dann räumte ich meinen Schreibtisch auf, um Platz für mein neues Projekt ‚Das Ding' zu schaffen.

Beim ersten Treffen mit Lydia hatte ich mein Handy mit eingeschaltetem Diktiergerät auf ihren Teetisch gelegt. Jetzt war ich froh über den Mitschnitt, obwohl ich glatt vergessen hatte, Lydia um Erlaubnis zu fragen. Ich tröstete mich damit, dass die meisten Klienten nichts gegen einen Mitschnitt hatten, und Lydia hatte mir ja das Handy kommentarlos hinterhergetragen. Natürlich: Ohne mein Handy wäre ich für sie unerreichbar gewesen. Und plötzlich durchflog mich ein böser Gedanke: Was, wenn sie mir die abscheulichen Mails geschickt hatte? Mich erfasste ein Schwindel, ich ließ mich auf meinen Schreibtischstuhl fallen. Was wäre, wenn Lydia …, was wäre, wenn sie ein doppeltes Spiel spielte?

Immer wieder ging ich unser Treffen durch, versuchte ihr auf die Schliche zu kommen, doch meine Gedanken drehten sich im Kreis.

Ich verordnete mir eine Runde Kickboxen an Maxis Punchingball, ein bewährtes Mittel um aus dem ratternden Gedankenkarussell auszusteigen. Einen Tritt für Lydia, noch einen, einen Faustschlag für mich und meine Dummheit, noch einen Tritt, diesmal mit dem linken Fuß; einen Tritt für das unheimliche Märchen, das sie mir aufgeladen hatte, und einen letzten Tritt für Janic, weil er meine Tochter in Beschlag nahm. Nach zehn Minuten rann mir der Schweiß von der Stirn, ich konnte wieder frei atmen und war Herrin meiner Gedanken. Es gelang mir, alle Verdächtigungen los zu lassen.

Ich ging zurück in mein Büro, stellte die Wiedergabe der Diktier-App ein und hörte mir ‚Das Märchen von der Unke' an, das mir Lydia vorgelesen hatte. ‚Ding, iss auch Brocken' hatte das Kind zu der Unke gesagt und dem Tier mit dem Löffel auf den Kopf geschlagen.

Bei dem Ausdruck ‚Ding' spürte ich einen Stich in meinem Herzen. Ich dachte an Maxi und an die Ausdrucksweise, die sie sich seit kurzem angewöhnt hatte. Alles war auf einmal ein Ding, ein Motorrad, die Stute Perle oder die Petersilienpflanzen, die ich gesät hatte und sogar AP. Wahrscheinlich dachte sie sich nichts dabei und übernahm nur die Sprechweise eines anderen. Janic! Sie war erst 13 ½ und er nutzte ihre Pferdebegeisterung aus. Oder brauchte er wirklich nur ein Pferdemädchen für Perle?

Und Lydia? Warum hatte sie mir gerade dieses Märchen,

das im Internet unter ‚Grausame Grimms Märchen' zu finden war, vorgelesen? Weil es um die Beziehung zwischen Mutter und Tochter ging? Aber Lydia hatte doch keine Tochter? Vielleicht gerade deshalb – sie war eifersüchtig auf Maxi, sie wollte unsere gute Beziehung zerstören! Und wenn das so war, dann war sie vielleicht auch imstande, mir die Hassmails zu schicken.

Ich klappte den Laptop zu. So kam ich nicht weiter. Statt mich mit Lydias Auftrag zu beschäftigen, dachte ich unentwegt an Maxi. Kickboxen, befahl ich mir. Schon wieder? Nicht einmal dazu hatte ich Lust. Lieber zum Supermarkt fahren und ordentlich einkaufen.

Eine halbe Stunde später schob ich mit meinem vollbeladenen Einkaufswagen auf die Zielgerade zur Kasse zu, als ich meinen Namen rufen hörte.

„Frau Roth?" Sie stand am Kühlregal und ich erkannte sie sofort an ihrer schwarzglänzenden Leggins. „Marianne?", sagte ich, „Die Kellnerin vom Grünen Baum!"

„Genau, die Kellnerin! Mein herzliches Beileid", sagte sie. „Ja, ich war mit Ihrem Onkel befreundet; wenn er am Feierabend auf ein Viertele kam, haben wir uns immer unterhalten, meistens war um die Zeit noch nicht so viel los."

„Ich kann es immer noch nicht fassen", sagte ich.

„Sie mussten damals schnell weg, erinnern Sie sich?"

„Im Grünen Baum?" Ich wusste nicht, worauf sie hinaus wollte. „Da war ein Anruf, irgendjemand vom Stall, es hat mir auch leidgetan."

„Ihr Onkel wollte noch was loswerden, also habe ich mich zu ihm gesetzt und zugehört. Er hat richtig ausgepackt, eigentlich wollte er Ihnen alles erzählen, aber dazu kam es dann ja nicht mehr. Ich dachte, es interessiert Sie vielleicht?"

„Aber ja!", sagte ich. „Wollen wir uns nicht irgendwohin setzen?"

„Ich warte draußen auf Sie, ziehe uns schon mal einen Coffee to go aus dem Automaten und wir setzen uns auf die Bank vor dem Laden. Ich habe nicht viel Zeit." Sie schaute auf ihre Armbanduhr. „Für einen Kaffee und meine Geschichte reicht's."

Als ich schwerbepackt aus dem Laden kam und mich nach ihr umsah, winkte sie mir zu. Sie saß im Schatten einer Palme, die in einem großen Bottich neben der Bank aufgestellt war. Ich deutete auf meinen Volvo. „Bin gleich da", rief ich ihr zu. Nachdem ich meine Einkaufstaschen verstaut hatte, setzte ich mich zu ihr.

Sie gab mir meinen Becher. „Es geht um Ihren Vetter. Ihnen fiel alles so leicht, hat Werner gesagt, Sie hatten immer Freundinnen bei sich, er war ein Einzelgänger. Und er hat Sie vergöttert. Vielleicht hat er deshalb so dumme Sachen gemacht, einfach um auf sich aufmerksam zu machen?"

„Was für dumme Sachen?"

„Zusammen mit einem Nachbarsjungen hat er den anderen Kindern Luft aus den Reifen gelassen. Einmal haben sie einen Jungen an einen Baum gefesselt und ihn bis in die Nacht hinein sitzen lassen. ‚Z' hat er auf einen Zettel geschrieben und dem Kind in die Tasche gesteckt."

„Was sollte das bedeuten?"

„Das habe ich auch gefragt. Zorro – Werner sagte, Ihr Vetter hat für Zorro geschwärmt, – damals gab es den Roman in Fortsetzungsheftchen als Bildergeschichte."

„Zorro, der Rächer der Armen?"

Ich erinnerte mich an ein Fastnachtskostüm – mein Vetter mit schwarzer Maske und einem Gummischwert. „Und auf seine Schulhefte hat er überall ein großes schwarzes Z gemalt! Ich habe ihn furchtbar bewundert für seinen Mut! Patrick wollte Gerechtigkeit, so wie Zorro. Ich habe das Z auch überallhin gemalt, Z war der erste Buchstabe, den ich malen konnte. Meine Güte, das ist lange her!"

„Stimmt. Das ist noch nicht alles. Vera weiß nichts davon, hat Werner zu mir gesagt."

„Was weiß ich nicht?" Ich schwieg einen Moment, spürte, wie ein Gedankenfetzen in mir aufstieg, bekam ihn zu fassen: „Dieses Z – es stand vorne in meinem Schulheft, die Lehrerin hat es gesehen und mit mir geschimpft. Warum wusste ich nicht. Sie hat es meiner Mutter verraten, das mit dem Z. Und meine Mutter hat solange gebohrt, bis ich gesagt habe, dass mir Patrick das Z beigebracht hat. Ich war doch so stolz auf ihn!"

„Das meine ich nicht", sagte Marianne. „Ihre Eltern haben sich lange vergeblich ein Kind gewünscht und haben Patrick, wie sie ihn nannten, im Alter von fünf Jahren als Pflegekind zu sich genommen. Seine Eltern hatten sich getrennt, er lebte bei seiner kranken Großmutter, was weiß ich, oder er war ein Heimkind, jedenfalls hat ihm das Jugendamt eine Pflegestelle vermittelt. Nach zwei Jahren sind Sie auf die Welt gekommen."

Meine Finger krampften sich um den Pappbecher. Ich traute meinen Ohren nicht. „Davon habe ich nie etwas gehört! Für mich war er immer mein Vetter."

„War er ja irgendwie auch, nur eben nicht blutsverwandt. Werner sagte, dass sich Ihre Eltern immer bemüht haben, ihn wie ein eigenes Kind zu behandeln."

„Ich kann mich noch an die Märchen erinnern, die er mir vorgelesen hat, die waren richtig gruselig. Das Märchenbuch habe ich heute noch."

Marianne fuhr fort: „Er hatte eine rege Phantasie, leider hat er die Hauptschule gerade mal so geschafft, dann haben ihn die Eltern zu Werner in die Lehre gegeben. Das ist nicht lange gut gegangen, arbeiten und früh aufstehen, das war nichts für ihn. Und er hatte Angst vor Pferden! In diesem Beruf! Er wurde grob, wenn er sich bedroht fühlte. Die Pferde merken schnell, was in einem vorgeht, sagte Werner. Jedenfalls hat er die Lehre abgebrochen. Werner hat ihn dann nach Nürnberg zu einem Kollegen vermittelt, einem Schlosser. Und zu Werner hat Patrick gesagt, dass du, Vera, schuld an seinem verkorksten Leben bist."

Ich wusste nicht, was ich sagen sollte, war froh, als Marianne auf ihre Armbanduhr sah und sagte: „Ich muss weiter! Hoffentlich habe ich Ihnen keine Angst gemacht – aber ich glaube, Werner wollte, dass ich Ihnen alles erzähle, vor allem jetzt, nach seinem schrecklichen ..." Sie stockte, kramte in ihrer Tasche zog ein Papiertaschentuch hervor und schnäuzte sich. Dann sagte sie: „... Unfall", zaghaft und beinah zweifelnd.

„Und mein Onkel hatte keinen Kontakt mehr zu ihm?", fragte ich noch schnell.

Sie schüttelte den Kopf. „Nein, ich glaube nicht. Er braucht Abstand von zu Hause, hat er gesagt. Keine Ahnung, was dann aus ihm geworden ist."

Sie stand auf. „Tut mir leid, ich muss los. Würde mich freuen, wenn Sie wieder mal in den Grünen Baum kommen."

Ich gab ihr die Hand, immer noch ratlos. Ich hatte genug von den alten Geschichten, was nützten mir die Details aus Patricks Leben, sie brachten meinen Onkel nicht zurück und mich nicht weiter. Ich sehnte mich nach meinem Pferd und fühlte mich auf einmal unsagbar müde und hilflos. Keine Lust zu gar nichts, am wenigsten zur Schreibarbeit.

Deshalb machte ich noch schnell einen Abstecher in den Stall.

Alles Paletti kaute zufrieden an seinem Heu, sah nur kurz auf, als ich kam, drehte sich um und streckte mir das Hinterteil entgegen. Genau wie seine Mutter Nine, wenn ich einmal nicht rechtzeitig zum Reiten gekommen war. Doch bei ihm dauerte es nicht lange, bis er brummelnd seine Meinung änderte und sich den Hals kraulen ließ. Ich holte Striegel und Kartätsche aus dem Putzkasten vor der Box, bürstete ihm das Fell und kratzte die Hufe aus. Die Schwellung an seinem Bein war zurückgegangen, Onkel Werners Hufbeschlag hatte ein Wunder bewirkt. Ich spürte, wie sich meine Augen mit Tränen füllten, legte meine Arme um APs Hals und schluchzte hemmungslos.

„Na, na! Sehne ist doch kein Beinbruch! Das wird schon wieder!"

Lydia. Sie war die letzte, die ich in diesem Augenblick sehen wollte! Aufgedonnert wie immer, lange schwarze Wimpern, schwarz umränderte Khayal Augen, knallroter Lippenstift passend zum Nagellack, das Haar zu einem dicken Zopf geflochten, kein Stäubchen auf der Seidenbluse, deren oberste Knöpfe offenstanden und einen tiefen Blick auf ihren Brustansatz ermöglichten.

„Ja, das wird wieder", sagte ich und wartete darauf, dass sie sich umdrehte und mich mit meinem Elend allein ließ, doch sie sagte: „Joey will morgen ein Pferd für mich kaufen, das hast du bestimmt schon mitgekriegt. Ich kann leider nicht mitfahren." Sie tätschelte Alles Paletti den Hals. „Armes Ding! Hoffentlich hat Joey mit dem Neuen morgen mehr Glück."

AP legte die Ohren zurück, stampfte mit dem Huf und stupste sie mit der Nase an. „He! Meine Bluse!" Hektisch versuchte sie einen grünen Fleck vom Ärmel zu wischen. „Ziemlich frech, das Ding!", grummelte sie.

„Warum nennst du mein Pferd eigentlich ‚Ding'", fragte ich so ruhig ich konnte. Lydia runzelte die Stirn. „Wieso?", sagte sie „Das sagen doch alle hier, auch deine hübsche Maxi."

„Hast du gerade mit ihr gesprochen?"

„Ach, woher! Sie hat sich vorhin gleich mit Joey in sein Büro verdrückt, sie will mitfahren, glaube ich, vielleicht solltest du besser auf sie aufpassen. Oder auf ihn? Manchmal hab ich das Gefühl, zwischen den beiden läuft was!"

Sie deutete ein Adieu-Winken an, drehte sich um und schritt erhobenen Hauptes von dannen, wie eine Schauspielerin, die eine Rolle einübte. Nun zweifelte ich nicht mehr daran: Lydia war eifersüchtig auf Maxi.

Ich stand immer noch sinnend bei Alles Paletti, als mich Käpt'n Nemos Bellen aus meinen Gedanken riss. Er sprang an mir hoch, und als ich mich zu ihm hinunterbückte, versuchte er, mir das Gesicht abzulecken. „Käpt'n!", rief ich ihn zur Ordnung. Alles Paletti legte die Ohren an und schnaubte verächtlich. Nemo setzte sich, legte seine Stirn in Falten und schaute mich treuherzig an. Wo Nemo auftauchte, konnte Joey nicht weit sein.

Und genauso war es. „Er freut sich auf dich, Vera", sagte Joey.

„Wieso auf mich?"

„Du wirst ihn brauchen, wenn du alleine bist."

War das wieder einer von Joeys kryptischen Witzen?

„Ich hole Maxi morgen um fünf ab, schon vergessen?"

„Was habe ich vergessen?", sagte ich mürrisch.

„Sie hat dir doch eine SMS geschrieben!" Joey sah mich verblüfft an, drückte mir die Hundeleine in die Hand. „Am besten, du nimmst ihn gleich heute Abend mit. Und eine Packung mit Trockenfutter und Nemos Hundedecke. Das sollte bis morgen reichen."

„Moment mal." Ich zog mein Handy hervor und checkte meine Nachrichten in der Voice Mail. Eine war von Maxi. *„Juchu! Ich soll mit Joey nach Belgien fahren, um das neue Pferd für Lydia abzuholen. Habe morgen und übermorgen schulfrei. LG Maxi.*

Um Erlaubnis gefragt hatte sie mich nicht. Maxi hatte sich in letzter Zeit verändert; früher gab es keine Geheimnisse zwischen uns, doch seit wir auf der Go-West-Ranch waren, schien sie immer mehr ihr eigenes Leben zu führen und wurde von Tag zu Tag verschlossener. Wenn sie nicht mit Perle beschäftigt war, telefonierte sie mit Janic, und jetzt wollte sie mit Joey auf Tour, ohne mich zu fragen. Und ihre schnoddrige Redeweise! Auf die Nachricht von Onkel Werners Tod hatte sie gesagt: „Ist doch klar!". Als ich sie entgeistert gefragt hatte, was sie damit meinte – mein Onkel sei vielleicht ermordet worden, was konnte da klar sein – hatte sie entgegnet: ‚Die Pferde rächen sich halt an ihm' und spöttisch gegrinst: ‚Er brennt ihnen glühende Eisen auf die Hufe und schlägt Nägel rein, meinst du, das spüren sie nicht? Janic meint, barfuß ist besser, so wie Perle. Gesünder und billiger.' Janic, und immer wieder Janic, er schien ihr ganzes Denken zu beherrschen.

Ich hielt das Handy in der Hand, starrte schweigend auf das Display. Joey sah mich gespannt an. „Hat sie dir geschrieben oder nicht?",

„War das deine Idee?"

„He, Vera, entspann dich! Lydia will ein Pferd kaufen, aber sie hat keine Zeit mitzufahren. Da hat Maxi gefragt, ob sie mitkommen darf. Sie hat ja keine Schule – wegen irgendwelchen Feiertagen und dann ist ja auch noch dieser Zukunfts-Freitag, da ist sowieso frei."

„Meine Güte, Joey, du glaubst ihr auch alles!" Immerhin stimmte ein Teil davon – morgen war Feiertag.

„Sie könnte mir beim Einladen helfen und mir auf der Fahrt irre Geschichten erzählen."

„Wann kommt ihr zurück?"

„Wenn ich alleine bin, fahre ich immer früh los und komme abends wieder zurück, wenn Maxi dabei ist, könnten wir auf der Ranch dort übernachten."

„Nichts da, morgen Abend seid ihr wieder hier", sagte ich. „Und wenn nicht, gibt es ein Donnerwetter."

„Okay, ist mir auch lieber. Nimmst du solange Käpt'n Nemo?"

„Das nächste Mal frag mich bitte, bevor du mit meiner Tochter Ausflüge planst!"

„Und Käpt'n Nemo?"

„Nur für einen Tag, keine Minute länger."

Joey hob beide Daumen in die Höhe. „Mach dir keine Sorgen, Vera! Maxi und ich schaffen das."

Ich ging noch einmal zu AP, um seine Tränke zu kontrollieren; der Käpt'n folgte mir auf dem Fuße. Der Kleine schaute kurz auf, kam zu mir, brummelte, als wolle er sagen, *alles gut für heute*, und drehte sich um. Käpt'n Nemo wuffte zweimal, wie um ihn zu unterstützen. Also warum nicht, dachte ich. Gehen wir halt mal auf horse and dog trail. Ist doch mal was anderes. Zum ersten Mal an diesem Tag atmete ich auf.

Roundpen

Der Käpt'n war ein gut erzogener Hund; er sprang auf den Rücksitz, legte sich hin, wenn ich es ihm sagte und wartete geduldig auf mich. Auch ließ er sich anstandslos die Leine und das Brustgeschirr anlegen. Nur die Sache mit der Hundedecke schien ihm nicht einzuleuchten. Ich hatte die Decke vor die Küchentür gelegt und ihm erklärt, dass diese Decke nun sein Bett sei. Doch er legte nur seine Stirn in Falten und schaute mich vorwurfsvoll an. Und nun?

In unserer Wohnung war es ungewohnt still. Kein Türk-Pop drang durch Maxis geschlossene Tür; als ich die Tür einen Spaltbreit öffnete, hörte ich nur tiefes Atmen. Sie musste morgen früh aufstehen, ich musste es allein versuchen.

„Nemo!" Ich zeigte auf die Kuscheldecke. „Nemo, hier, Platz!" Doch er kam stummelschwanzwedelnd zu mir, stemmte die Vorderpfoten auf meine Oberschenkel und leckte mir die Hände ab. Die hatte ich gerade gewaschen, ich wollte zu Bett gehen. „Käpt'n, es reicht." Er setzte sich vor mich hin, ließ die Ohren hängen und kratzte sich mit der Hinterpfote am Kopf. „Auf die Decke mit dir!" Sein Winseln klang herzerweichend. Dieser erbarmungswürdige Blick und die abgeknickten Ohren. Doch es half nichts, ich musste hart bleiben.

„Nemo!" Die Falten auf seiner Stirn verdoppelten sich. Allmählich dämmerte mir, dass ich mir die Decke aus dem Kopf schlagen musste, wenn ich es mir nicht mit einem guten Freund verderben wollte.

Es blieb mir nichts anderes übrig als nachzugeben, ein bisschen zumindest. „Gut, von mir aus, bleib hier vor meiner Tür", sagte ich und legte die Decke vor meine Schlafzimmertür. Wieder ein Missverständnis. Der Käpt'n stellte sich auf die Hinterbeine und drückte mit den Vorderpfoten auf die Klinke. Sie sprang auf, Nemo wischte hinein, mit einem Satz war er in meinem Bett, seine Stirn war auf einmal glatt und faltenlos, er legte den Kopf auf die Vorderpfoten und schloss die Augen. Ein Bild von Ruhe und Frieden. Wenn ich nicht auf der Hundedecke übernachten wollte, blieb mir nichts anderes übrig, als mich neben ihn unter die Bettdecke zu legen. Kaum hatte ich es mir so gut es ging bequem gemacht, kuschelte er sich an mich, warm und keineswegs unangenehm. Hoffentlich schnarcht er nicht, dachte ich.

Am nächsten Morgen lag ich alleine im Bett. Ich schnüffelte – nein, ich hatte nicht geträumt, es roch eindeutig nach dem Käpt'n. Ich stand auf, sah die Hundedecke unbenutzt, rief seinen Namen, öffnete Maxis Zimmertür. Und da lag er, zusammengerollt auf Maxis Couch und schnarchte.

Gerade als ich mir meinen Kaffee gebrüht hatte, aus selbst gemahlenen Bohnen, die ich in der kleinen Kaffeerösterei in der Heidelberger Altstadt kaufte, rief Joey an. „Wir sind eben angekommen. Haben das Pferd gesehen, Maxi will ihn probereiten, dann fahren wir wieder zurück."

„Meine Güte, seid ihr flott!" Es war noch nicht mal neun Uhr vorbei, ich hatte mir einen faulen Morgen gegönnt.

„Wir sind bei Morgengrauen losgefahren, die Autobahn war frei. Wie geht es dem Käpt'n?"

„Er hat in Maxis Bett geschlafen, ich habe ihn heute noch nicht gesprochen." Die Deckenepisode ließ ich unerwähnt. Genau in diesem Augenblick hörte ich drei gebieterische Wuffs, die in Winseln übergingen. „Moment mal." Der Käpt'n stand vor der Küchentür und machte mir unmissverständlich klar, dass er in den Garten wollte. „Wann kommt ihr zurück", fragte ich schnell.

„Gegen Abend, mit unserem Ausritt wird's dann doch nichts, wir verschieben ihn auf morgen, versprochen!"

„Ausritt?", wollte ich sagen und: „Grüß Maxi", doch das Gespräch war schon weg. Da fiel es mir wieder ein: Wir hatten heute Morgen zusammen ausreiten wollen; Robert musste nach Weinheim zum Zahnarzt und Joey sollte seine Stute Jenny bewegen, ich hätte auf Cloud mitreiten dürfen. Schade! Ich legte das Fon aus der Hand, strich mir durch die Haare, Joey hatte mir den Renngalopp zeigen wollen! Mit Cloud geh ich ein paar Minuten in den Roundpen, dachte ich. Lieber nicht allein ausreiten, so gut kannte ich ihn nicht, im Roundpen läuft er schön rund, das ist sicher.

Eigentlich wollte ich erst am Nachmittag in den Stall fahren, doch auf einmal ergriff mich eine innere Unruhe und ich wusste nichts mehr anzufangen mit meinem freien

Vormittag. Vor der Haustür bellte zornig Nemo. Okay, dachte ich, wenn du meinst, dann fahren wir eben jetzt schon raus.

Ich spürte es schon, als ich den Volvo draußen vor dem Hof auf den Schotterplatz stellte. Schon wieder? Etwas musste passiert sein, etwas Schlimmes. In der Stallgasse kam mir Lydia entgegen. Sie schien durcheinander, und redete sofort los:

„Robert hat einen Unfall gehabt. Beim Ausreiten. Sein Pferd ist gestürzt, über irgendwas gestolpert, keine Ahnung, ein Hasenloch, ein Draht oder ein umgestürzter Zaun?"

„Er ist ausgeritten? Er musste doch zum Zahnarzt!"

„Der Termin ist kurzfristig verlegt worden, das hat er mir heute Morgen gesagt. Er war froh darüber, weil Joey ja nicht da war und er die Stute selbst bewegen konnte."

„Hat er sich verletzt?", fragte ich bestürzt. „Er hat doch nie einen Helm auf!"

„Sie haben ihn mit dem Hubschrauber in die Uniklinik gebracht." Sie sah mich mit zusammengekniffenen Augen an. „Einen Helm?", sagte sie. „Er kennt doch das Gelände."

Käpt'n Nemo fing an zu knurren. Für einen Moment starrte ich auf den Hund, unfähig, einen klaren Gedanken zu fassen. Wenn Joey und ich heute Morgen ausgeritten wären, wären wir dann auch über den umgefallenen Zaun gestürzt? Einen Augenblick lang wurde mir eiskalt, bis ich mir sagte: Joey und ich wären bestimmt einen anderen Weg geritten, einen richtigen Weg, nicht querfeldein wie Robert es immer tat, wenn er auf seinen eigenen Wiesen unterwegs war.

„Seine Frau hat ihn gefunden. Sein Pferd ist zurück in den Stall galoppiert."

Käpt'n Nemo knurrte immer noch.

„Der Pitbull braucht einen Maulkorb!", sagte Lydia. „Sonst passiert gleich noch was."

„Lydia, bitte! Käpt'n Nemo ist kein Kampfhund!"

In diesem Augenblick kam Janic zu uns. „Wo ist Maxi?", fragte er herrisch. „Ich war mit ihr verabredet, warte schon seit einer Stunde auf sie."

„Da kannst du lange warten", sagte Lydia spitz. „Sie ist mit Joey unterwegs, kommt erst heute Abend zurück, wenn du Glück hast."

„Und wer bewegt jetzt Perle? Ich muss dringend in die Stadt."

Lydia fühlte sich nicht angesprochen, aber mir tat Perle leid. Den ganzen Tag im Stall, auch wenn es im Offenstall einen kleinen Auslauf gab, das hätte mir Maxi nicht verziehen. „Soll ich sie im Roundpen laufen lassen?", bot ich an.

„Du?" Janic zögerte, doch dann besann er sich. „Warum nicht", sagte er.

„Gibst du mir deine Longierpeitsche und das Knotenhalfter?"

„Brauchst du nicht", sagte er entrüstet. „Nicht für Perle. Nimm einfach einen Führstrick. Und auf keinen Fall ein Knotenhalfter."

„Wenigstens haben die beiden jetzt ein Alibi", sagte Lydia.

„Welche beiden?", sagte ich verdutzt. „Wieso Alibi? Willst du sagen, dass jemand den Sturz absichtlich verursacht hat?"

Lydia sah mich spöttisch an. „Das habe ich nicht gesagt, Vera", entgegnete sie. „War ein nur Scherz, nimm's nicht so ernst", sagte Janic schnell.

Lydia folgte mir zum Longierzirkel. „Vera, hör mal! Bis die beiden mit dem Pferd kommen, dauert es bestimmt noch ein Weilchen. Komm doch zu mir ins Atelier, wenn du mit Perle fertig bist." Es klang wie eine freundliche Einladung, Lydia konnte übergangslos von der einen in die andere Farbe wechseln ohne rot zu werden, wie ein Chamäleon. Sie lehnte am Geländer und schaute mir beim freien Longieren zu. Wahrscheinlich wollte sie sehen, ob und wie ich mit Perle zurecht käme, sie traute mir bestimmt nicht zu, dass ich die Stute zum Laufen bringen würde. Doch das Pferd war die reinste Freude, ich verstand auf einmal Maxis Begeisterung; Perle war klein und zierlich, das seidige Fell, die lange Mähne, in der der Wind spielte, sie reagierte feinfühlig auf jede meiner Bewegungen und erfasste wie durch Telepathie, was ich von ihr wollte. Ich musste mich nur ein bisschen aufrichten und sie verlangsamte ihr Tempo, wenn ich mich ganz aufrichtete, blieb sie stehen. Ein Klicken mit der Zunge und sie setzte sich in Trab und in Galopp. Es war so, wie Janic gesagt hatte, eine Longierpeitsche war völlig überflüssig.

Kopf in den Wolken

Eine Stunde später stand ich vor Lydias Haustür. Sie empfing mich in einem schwarz-weiß gestreiften Kimono, schenkte sogar Käpt'n Nemo ein Lächeln und stellte ihm eine Schale mit Wasser hin, die er dankbar ausschlabberte.

„Und wir zwei trinken japanischen Tee im Garten", sagte sie.

Zwei Teeschalen, wie von einem Kind oder einem Anfänger geformt, standen auf einem niedrigen Teetisch, sowie eine Thermoskanne und eine Dose mit Teepulver. Lydia löffelte giftig grünes Zeug in die Tassen, goss Wasser darüber und rührte mit einem filigranen Rührbesen um.

„Du musst die Tasse dreimal drehen." Sie machte es mir vor, führte die Tasse zum Mund und trank in kleinen Schlucken. Der Tee roch modrig, irgendwie unappetitlich, das dreimalige Drehen der Tasse nervte mich, die Zeremonie wirkte aufgesetzt und dauerte viel zu lange.

Während Lydia sich dem Tassendrehen widmete, ließ ich meinen Blick über die Terrasse schweifen. Seit meinem letzten Besuch hatte sich die Zahl der offenen Tonköpfe mindestens verdoppelt. Ob es an dem ungewohnten Tee lag – mein Kopf fühlte sich vollkommen leer an, so leer wie die Tonköpfe. Ich konnte mich beim besten Willen nicht erinnern, was ich Lydia sagen wollte. Hatte ich nicht zumindest eine vage Idee für Lydias Geschichte gehabt? Jetzt war sie jedenfalls wie weggeblasen.

Abrupt stellte Lydia ihre Tasse auf den Tisch. „Also, fangen wir an, es geht um Schönheit, hast du gesagt, willst du meine Geschichte schreiben?", fragte sie.

Ich richtete mich auf, atmete durch. Sollte ich etwas erfinden? Das konnte ich nicht, ich hatte noch nie das Blaue vom Himmel herunterreden können.

„Um *deine* Geschichte zu schreiben, brauche ich Stoff", sagte ich. „Geschichten aus deiner Kindheit, hast du Geschwister, Brüder? Schwestern? Wo seid ihr aufgewachsen, wie hat deine Mutter ausgesehen, war sie hübsch, welches Parfüm hat sie benutzt, und dein Vater, war er samstags zu Hause, dein erster Freund, welche Haarfarbe hatte er? Bist du verheiratet, hast du Kinder? Eine Tochter? Welche Ereignisse haben dich geprägt – Unfälle, Schicksalsschläge, Erfolge, wovon träumst du? Verstehst du, Lydia – du musst mir *deinen* Stoff gegeben!"

Sie sah mich träumerisch an. „Meinen Stoff?" Sie stand auf, ging zu den Köpfen auf der Terrasse, kam wieder zurück, murmelte etwas wie: „Vielleicht kann ich dir helfen", ich glaubte zumindest, so etwas zu verstehen, dann sagte sie: „Gibt es Geister, Vera?"

Die Frage machte mich nervös. Glaubte ich an Geister? „Ich schreibe manchmal Nachrufe für meine Kunden, auch Trauerreden – ich weiß, dass uns Tote nach ihrem Ableben noch eine Weile begleiten können, vor allem dann, wenn wir sie gar nicht mehr sehen wollen", sagte ich. Lydia schwieg, bis es mir ungemütlich wurde. „Warum hast du mir die Geschichte von der Unke erzählt? Es gibt schönere Märchen!"

„Findest du?"

„Das Märchen hat etwas mit dir zu tun, richtig?"

Ihre Gesichtszüge verhärteten sich. Gab es in Lydias Leben dunkle Stellen, an die sie nicht rühren wollte? Wenn es so war, dann war sie bei mir an der falschen Stelle, ich war Autorin, keine Therapeutin.

„Lydia, es tut mir leid, ich kann es nicht. Jede Geschichte braucht eine Hauptfigur und die kann ich nicht sehen."

Sie schüttelte den Kopf und sagte ungläubig: „Aber Vera, du kannst dich so gut in ein Pferd einfühlen, das hab ich gesehen. Du bist doch Schriftstellerin? Einfühlung ist doch dein Job, oder? Du schließt die Augen, atmest durch und die Figur steht vor dir in all ihren Facetten. Du hast doch gesagt, dass du mich verstehst?"

Es stimmte, ich hatte mich in Perle einfühlen, eine Verbindung zu ihr herstellen können. Doch ich schüttelte stumm den Kopf. Der Vergleich hinkte. Lydia tat alles, um sich zu verstellen. Sie hatte den Kopf in den Wolken. Das unterschied sie von einem Pferd, das immer so war, wie es war und sich niemals verstellen konnte.

Sie starrte mich wie versteinert an. „,Alles hängt mit allem irgendwie zusammen', das steht auf deiner Website, das hat mir gefallen, deshalb habe ich dich ausgesucht. Überlege es dir noch mal. Du bist gerade nicht gut in Form, scheint mir. Kann ja mal vorkommen. Ich habe Zeit. Ich warte."

Der Spruch stammte von den Filmemacher David Lynch. Er war bekannt für seine skurrilen, dunklen Filme. Ich hatte das Zitat aus einer Laune heraus auf meine Homepage gesetzt. Ich wusste nicht einmal mehr, was ich mir dabei gedacht hatte, doch ich hatte instinktiv gefühlt, dass der Satz stimmte. Jetzt musste ich Farbe bekennen, Lydia hatte mich bei meiner Ehre gepackt.

Sie ging noch einmal zu den Skulpturen, hob eine kleine auf. „Hier", sagte sie. „Die ist für dich." Sie schloss die Augen und murmelte so etwas wie eine Formel, atmete ein und blies ihre Atemluft in den leeren, hohlen Kopf.

Mir stand der Schweiß auf der Stirn und Gänsehaut bildete sich auf meinen Unterarmen. Ich umfasste die Skulptur mit beiden Händen. Sie war sperrig, aber leichter als angenommen. Eigentlich wollte ich die Skulptur nicht mitnehmen, aber was hätte ich machen sollen? Die Annahme verweigern, ihr Geschenk ablehnen? Unmöglich. Sie hätte es mir nie verziehen. Der Käpt'n legte die Stirn in Falten und jaulte besorgt auf.

Lydia öffnete uns die Tür. „Mach langsam", sagte sie mit einem geheimnisvollen Lächeln.

Langsam taste ich mich die drei Stufen hinunter und wankte zum Parkplatz. Ich öffnete die Wagentür und Nemo sprang auf den Rücksitz. Den Kopf stellte ich neben mich, er verströmte den modrigen Geruch des Teepulvers, der eine leichte Übelkeit in mir aufsteigen ließ. Mechanisch steckte ich den Autoschlüssel ins Schloss, legte den Gang ein, fuhr los.

Die Dämmerung brach an und die Spargelfelder schienen

in einen dichten Nebel gehüllt. Ich schaltete die Nebelscheinwerfer ein, doch meine Sicht verbesserte sich nicht. Die entgegenkommenden Autos blinkten und hupten, warum wusste ich nicht. Gähn-Attacken überfielen mich, die meine Augen zum Tränen brachten und meine Sicht noch mehr verschlechterten. Krampfhaft hielt ich mich am Lenkrad fest, versuchte den rechten Straßenrand anzupeilen und mich daran wie an einem Seil vorwärts zu tasten. Ich hätte den ungewohnten, gift-grünen Tee nicht trinken sollen, er war viel zu stark gewesen. Schlimmer noch war der Duft, den der Kopf verströmte. Ich öffnete das Seitenfenster, doch als ich es wieder schloss, wurde der Geruch nur noch stärker.

Als ich unser Häuschen erreichte, fühlte ich mich erschöpft, würgte den Motor ab und schloss die Augen. Nur eine kleine Viertelstunde, länger nicht, auf keinen Fall länger. Nemo rührte sich nicht, ich hörte ihn auf der Rückbank schnarchen. Ferne Geräusche drangen zu mir, – das Vogelzwitschern, ein Rasenmäher, Kinderlachen und das aufgeregte Rufen der Mütter vom Spielplatz hinter unserem Garten – die Stimmen verblassten mehr und mehr, ohne ganz zu verschwinden. Ab und zu zerschnitt das Hupen eines Autos die Filzdecke, die sich um meine Ohren und über meinen Kopf gelegt hatte, doch ich wollte die Augen gar nicht öffnen, dann hätte ich ja den spannenden Film in meinem Kopf unterbrochen. Ich spielte doch die Hauptrolle.

Ich bin zu Fuß unterwegs, gehe Schritt für Schritt am Straßenrand entlang. Ein Range-Rover hält neben mir, der Fahrer öffnet die Tür, winkt mich zu sich. Sein Aussehen gefällt mir, seine türkisfarbene Halskette, seine Dreadlocks, die unter einem bunten Käppi hervorquellen. Er lächelt mich an. Wir fahren über verdorrtes Gras, auf den Feldern steht der Mais schwarz und raschelt im Wind, es hat schon lange nicht mehr geregnet. Drehe mich um und sehe eine Kalaschnikow auf dem Rücksitz liegen. Er lächelt. Wir fahren und fahren. Vor uns eine Felswand, ich sehe den Widerschein eines Feuers. Er zögert, schaltet herunter, doch ich sage: Weiter. Das Feuer züngelt, flackert und ich sehe eine Schrift auf der Felswand. SHOGUN. Wir nähern uns dem Feuer und ich sehe einen Hirsch mit einem mächtigen Geweih. Auf einmal durchzuckt mich die Erkenntnis: Er will dieses Geweih, nichts anderes, deshalb ist er unterwegs. Er muss den Hirsch töten; ich folge ihm bedingungslos. Töte ihn, sage ich.

Ein Hund bellte, seine raue Zunge leckte meinen Hals ab; ich öffnete mühsam die Augen, für einen Moment lang wusste ich nicht, wo ich mich befand, hörte den Hund winseln, an die Autotür kratzen. Ich war eingenickt – wie lange hatte ich hier gesessen? Ich tastete neben mich, fühlte den harten Ton des Schädelrandes, schauderte, hörte Töne, eine Melodie von weit her, aus einer anderen Welt. Ich zuckte zusammen: Matters of the heart – mein Handy! Nein, nicht schon wieder – nicht schon wieder so eine Nachricht. Für den Bruchteil einer Sekunde starrte ich auf das Display, suchte den ‚alten Bekannten', den verstörenden ‚Betreff', fand ihn nicht und das Handy dudelte immer weiter. Bis ich endlich die grüne Taste drückte. Es war Lydia.

„Hi Vera, wo bist du? Sweet dreams, haha! Schluss jetzt, Kopf raus aus den Wolken! Sie sind angekommen. Beeile dich!"

Wie, schon im Stall? Sweet dreams? Woher wusste sie? Ich hatte doch nur ein kurzes Nickerchen gehalten? Ich steckte mein Handy ein, öffnete die Wagentür, befreite den bellenden Käpt'n. Ich packte den sperrigen Kopf, drückte mit der Schulter das Gartentürchen auf und wehrte gleichzeitig den Käpt'n ab, der wütend an mir hoch sprang, so dass ich das Gleichgewicht verlor und stolperte. Die Skulptur zersplitterte auf den Steinplatten in tausend Stücke. Die Erschütterung brachte mich in die Wirklichkeit zurück. Nemo schnüffelte interessiert an den Stücken, setzte sich und sah mich treuherzig an.

„Wolltest du wirklich, dass das blöde Ding zerbricht?", sagte ich. Sein abgeknicktes Ohr verriet Schuldbewusstsein. Doch böse war ich ihm nicht.

In Windeseile stürzte ich ein Glas Wasser hinunter, wusch mein Gesicht kalt ab, steckte einen Apfel ein, scheuchte Nemo auf den Rücksitz und fuhr los.

Als ich auf der Ranch ankam, herrschte helle Aufregung. Die Klappe war heruntergelassen, ich hörte, wie das Pferd im Hänger ungeduldig scharrte. Ein Polizeiauto versperrte die Hofeinfahrt. Maxi saß auf dem Beifahrersitz des Streifenwagens und unterhielt sich lebhaft mit dem Beamten. Ich klopfte an die Scheibe, machte ihm ein Zeichen, doch er schüttelte nur den Kopf und machte eine abwehrende Handbewegung.

„Die lässt du besser in Ruhe", sagte Lydia, die alles beobachtet hatte. Kirschrot geschminkte Lippen, ihr blauer Overall spannte über der Brust. „Komm endlich ausladen."

Mit einem mulmigen Gefühl im Bauch ging ich zum Hänger und lugte hinein. Das Pferd war rabenschwarz, sein stattlicher Schweif, der bis zu den Fesselköpfen reichte, war zu einem dicken Zopf geflochten, genau wie sein fülliger Schopf, mehr konnte ich nicht sehen.

„Was will die Polizei von Maxi, wo ist Joey?"

„Wie naiv bist du eigentlich, Herzchen?" Ihre spöttische Antwort machte mich wütend.

„Wo ist Joey?", sagte ich noch einmal, schärfer als ich wollte.

„Sie haben ihn mitgenommen."

„Machst du Witze?"

Lydia grinste und sagte: „Robert liegt im Koma, sie sagen, dass Joey den Draht gespannt hat. Er hat keinen festen Wohnsitz, es besteht also Fluchtgefahr, das reicht für ein paar Tage U-Haft."

„Was redest du da? Joey soll einen Draht gespannt haben?"

„Was weiß ich! Es gibt Hinweise, wahrscheinlich eine Anzeige", sagte sie hastig. „Hilfst du mir jetzt endlich?"

„Wer in aller Welt hat ihn angezeigt?", fragte ich entsetzt.

Statt zu antworten stellte sie sich ans Seitenfenster des Hängers und flüsterte: „Ruhig, ruhig, ruhig." Dann ließ sie die Rampe herunter.

„Langsam, Lydia! So kannst du ihn nicht hinausführen!"

Aus dem Transporter drang zorniges Wiehern. Der Hengst

schlug mit dem Vorderhuf gegen die Trennwand, schnaubte wild und schüttelte sich mit solcher Kraft, dass der Hänger wackelte.

„Wenn wir uns nicht beeilen, zerlegt er den Hänger", raunzte sie mich an. „Er heißt Show your gun, so steht's im Pedigree. Passt doch, findest du nicht?"

Irgendwie kam mir der Name bekannt vor. Das Pferd war mir unheimlich, ich muss Abstand halten, dachte ich. Soll sie selbst sehen, wie sie ihn zur Ruhe bringt. „Es ist dein Pferd, Lydia", sagte ich.

„Aber du hast ihn mir eingebrockt – wenn Alles Paletti nicht in letzter Minute ... – ach, vergiss es, komm endlich!"

Jetzt wieherte der Hengst verzweifelt, stampfte mit dem rechten und dann mit dem linken Huf auf, der Hänger wackelte bedrohlich. Wenn er sich losreißen würde, konnte ich ihn nicht halten. Der Hänger schwankte stärker, das Pferd schnaubte noch wütender und gleichzeitig ängstlicher, Panik war im Anzug, das spürte ich deutlich; er fühlte sich eingesperrt, von allen guten Geistern verlassen, allein. Oh, wie gut ich dieses miese Gefühl kannte!

Atmen, dachte ich, du musst atmen. Langsam, ruhig. Genauso. Das Pferd und ich, wir beide. Auf einmal durchfuhr mich eine Erkenntnis, zuckte durch meinen ganzen Körper, machte mich verletzlich und weich. Es ging nicht um Stärke und Kraft, nicht um Festhalten und Kontrolle, es ging um Vertrauen. Nur darum.

„Bleib neben der Rampe stehen", sagte ich zu Lydia. „Warte." Schritt für Schritt ging ich um den Hänger herum, bis vorne zur Sattelkammer, ich öffnete die Tür und schlüpfte hinein.

„Show your gun, show your gun", summte ich vor mich hin, „guter Junge, Shogun, Shogun", keine Ahnung wie ich auf den Namen kam, Shogun. Sein Kopf war jetzt vor mir, beide Ohren auf mich gerichtet, er schnaubte, hörte auf mit dem Huf an die Wand zu poltern. „Good boy, nice!" Ich gab ihm ein Leckerli, das ich für AP eingesteckt hatte. Er nahm es mir vorsichtig mit samtenen Lippen aus der Hand, kaute. Ich spürte seinen Atem an meiner Hand, ich hielt ihm noch ein Leckerli hin, das er vorsichtig annahm. „Lydia, mach den Balken los." Hoffentlich weiß sie, was ich meine, dachte ich, während ich ganz sanft Shoguns Nase zu streichelte. Der Hengst ließ sich von mir berühren, beobachtete alle meine Bewegungen, jederzeit bereit zurückzuweichen. Nichts übereilen, dachte, ich, wir haben Zeit. Er stieß mich sanft mit der Nase an, so als wolle er sagen: Und nun? Er vertraut mir, fühlte ich und mir war, als flösse eine sanfte Energie zwischen uns hin und her. Ich duckte mich unter der Absperrung durch, fasste den Führstrick mit zwei Fingern und flüsterte. „Geh zurück, Junge."

Er reckte seine Ohrspitzen nach vorne und schaute mich mit wachen Augen an, als wolle er mich prüfen. Ich blieb ruhig, atmete, streichelte seine Nüstern, bis er sich langsam in Bewegung setzte. Er tat es routiniert und ruhig, so als ob er jeden Tag rückwärts aus einem Hänger ausstiege. Ich folgte ihm, er betrat die Rampe, setzte Huf hinter Huf, dann stand er draußen auf dem Hof, blickte sich um, blähte die Nüstern und schüttelte sich. Seine lockige Mähne bedeckte den gut bemuskelten Hals, der dicke Schweifzopf reichte fast bis zum Boden, sein Fell glänzte. Mein Pferd, meine Güte, wenn das mein Pferd wäre, ging es mir durch den Kopf.

Lydia nahm mir wortlos den Strick aus der Hand, fasste ihn kurz und führte den Hengst über den Hof. Lass ihn locker, wollte ich sagen, doch ich fühlte, dass ihre Anspannung es nicht zuließ und schwieg. Ich musste ihn loslassen, mein Job war getan.

Das Polizeiauto stand immer noch vor der Hofeinfahrt. Maxi saß lebhaft gestikulierend auf dem Vordersitz neben dem Beamten. Sie wirkte aufgedreht, bemerkte mich nicht, als ich mich dicht vor dem Seitenfenster vorbeidrückte. Der Beamte quetscht sie bestimmt über Joey aus, dachte ich, da fiel mir auf, dass der Polizist mit ihr alleine im Auto saß. Ich schlug mit der Handfläche an die Scheibe. „He, Maxi – was ist los?"

Sie schaute kurz zur Seite, grinste mich an, drehte sich wieder weg, bis der Beamte endlich das Seitenfenster herunterließ. Maxi schaute konzentriert nach vorne, steckte sich Stöpsel in die Ohren. Tunnelblick.

„Ich bin ihre Pflegemutter – warum informieren Sie mich nicht, wenn Sie meine Tochter verhören?", fragte ich den Beamten.

Der Polizist stieg aus. „Kommissar Müller", sagte er. „Ihre Tochter konnte Sie telefonisch nicht erreichen, deshalb haben wir uns um sie gekümmert."

„Wir?", fragte ich. Der Mann saß alleine mit Maxi im Auto! „Gekümmert? Sie fragen sie aus! Ohne meine Zustimmung. Warum? Liegt etwas gegen sie vor?"

Der Beamte schaute sich um, als ob er jemanden suche. „Meine Kollegin musste schnell mal wohin", sagte er verlegen. „Es geht um den Reitlehrer, mit dem sie unterwegs war. Wir haben Hinweise, dass er was mit dem Sturz zu tun hatte."

„Was soll das heißen?"

Der Kommissar zuckte die Schultern. „Das wird sich herausstellen."

Ich erinnerte mich an den Basiskurs „Privatdetektivin" in der VHS. Oberstes Gebot im Erstkontakt mit der Polizei war ‚Schweigen', den Mund halten, auch wenn es schwer fiele. Alles konnte gegen einen gewendet werden, hatten sie uns eingeschärft. Ich musste aufpassen, wahrscheinlich hatte ich schon zu viel gesagt.

„Wo ist Herr Kramer?" Sein Nachname klang fremd, ich hatte Joey noch nie mit seinem Nachnamen angesprochen.

„Auf dem Präsidium, es besteht Fluchtgefahr."

„Aber hören Sie! Er war den ganzen Tag mit meiner Tochter unterwegs!"

„Das lassen Sie mal unsere Sache sein", sagte der Kommissar.

„Wie lange wollen Sie ihn festhalten?", fragte ich.

„So lange wie nötig."

„Kann ich ihn sehen?"

„Sind Sie mit ihm verwandt, oder seine Partnerin?"

Ich zögerte mit der Antwort, wusste nicht, was ich sagen sollte, verwandt? Nein und seine Partnerin auch nicht, aber alles andere war nicht so einfach zu beantworten. „Er ist mein Reitlehrer", sagte ich.

„Da gibt es bestimmt noch ein paar andere Damen, die das von ihm behaupten und ihn besuchen wollen!", sagte der Beamte spöttisch. „Tut mir leid, Sie werden mit Sicherheit keine Besuchserlaubnis bekommen."

„Ich werde es trotzdem versuchen", sagte ich.

„Sie können jetzt gehen. Wir haben ja Ihre Adresse." Von Maxi wahrscheinlich. Auch ohne mich zu fragen.

Sie stand neben mir und sagte kein Wort, nicht einmal auf Wiedersehen zu dem Polizisten, mit dem sie sich so angeregt unterhalten hatte. Sie sah müde aus, kein Wunder, es war ein langer Tag gewesen, wer weiß, was sie alles erlebt hatte.

Als das Polizeiauto aus der Hofeinfahrt fuhr, erschien Janic. „Ist euer Spind offen, Maxi? Hab was zum Reinstellen für Perle."

„Klar, offen, das weißt du doch", sagte sie irgendwie genervt und zu mir: „Gehen wir noch kurz bei Perle vorbei?"

„Zuerst zu Alles Paletti", sagte ich kurz. „Ich hab vorhin Perle longiert, frei, ohne Halfter." Sie fiel mir ins Wort. „Echt? Du?" Großes Erstaunen, doch es klang auch Bewunderung mit, was mich ein bisschen versöhnte.

„Alles Paletti ist den ganzen Morgen in der Box gestanden." Maxi hörte nicht auf mich, weil Janic zurückkam und sagte: „Gerade hat das Krankenhaus angerufen, Robert ist aus der Bewusstlosigkeit aufgewacht, seine Frau geht zu ihm. Gottseidank. Alterle, der hat Glück gehabt, wirklich!"

„Wie lange muss er noch im Krankenhaus bleiben?" Ich zitterte ein bisschen, die Nachwirkung des grünen Tees, und dann die Aufregung mit Shogun oder beides zusammen, es war einfach zu viel.

Janic antwortete nicht, er schaute sich suchend um. „Wo ist Jo? Ich muss was mit ihm besprechen." Er nannte ihn Jo; er konnte sich nicht mit der Aussprache des ungewöhnlichen Namens anfreunden, Jo war einfacher.

„Die Polizei hat ihn mitgenommen. Er wird verhört, sagte

Maxi." Sie legte den Zeigefinger über die Lippen. „Psst. Nichts verraten."

Janic packte sie am Oberarm. „Was? Die Polizei? Echt? Woher weißt du das überhaupt?"

Sie machte sich mit einer Drehung los, Blitze schossen aus ihren Augen, ich hatte das Gefühl, dass sie irgendetwas Pampiges antworten wollte und wunderte mich über ihre plötzliche Kratzbürstigkeit. „Ich weiß nichts", sagte sie schließlich, drehte sich schroff um und warf mir zu: „Ich muss noch zu Perle."

„In zehn Minuten am Parkplatz", sagte ich kurz. „Ich sehe noch nach AP." So schnell konnte ich nicht wieder auf normal und freundlich stellen.

Im Putzkasten vor der Box fand ich keinen Striegel, nicht einmal eine Wurzelbürste; ich ging schnell zu unserem Spind in der Sattelkammer; die Tür ließ sich nicht öffnen, auch nicht mit Gewalt, irgendetwas klemmte,. Ich bückte mich und entdeckte den Grund: Ein Stück Draht hatte sich zwischen Tür und Rahmen geschoben. Wozu hatte Maxi Draht gebraucht? Das Stück rutschte heraus, als ich vorsichtig daran zog, die Tür sprang auf. Auf dem Schrankboden lag eine ganze Rolle, dünn wie eine Schnur und sehr fest. Ich musste mich am Türrahmen festhalten.

Back up

Maxi setzte sich auf die Rückbank, ließ sich von Nemo das Gesicht ablecken und sagte mit einem schelmischen Lächeln: „Er war so kuschelig, heute Nacht." Sie nahm ihn in den Arm und drückte sich die Stöpsel ins Ohr.

„Maxi?"

Meine schneidende Stimme ließ sie zusammenzucken; schuldbewusst nahm sie die Stöpsel heraus. „Is irgendwas?"

„Das wüsste ich gerne von dir! Was hat Janic in unseren Spind gestellt?" Ich setzte mich zu ihr auf den Rücksitz.

„Leckerlis für Perle oder was?" Sie schaute sich nervös um.

„Keine Angst, die Polizei ist gerade weggefahren. Du brauchst keine Märchen zu erfinden. Eine ganze Rolle Draht, wozu?"

„Vera, bitte, ich wollte doch nicht … keine Ahnung, echt! Janic hat mich gefragt, ob er sie in den Spind stellen darf. Ich brauche doch nur Geld! Wirklich, ich weiß nicht, was das mit dem Draht soll. Ich wollte wirklich nicht, dass Robert ins Krankenhaus muss!"

„Ach? Was hat das mit dem Draht in unserem Spind zu tun, warst du etwa auch dabei?"

Sie schwieg, biss sich auf die Unterlippe, drückte den Käpt'n so stark, dass er anfing zu knurren.

„Siehst du, er knurrt", sagte ich. „Also, was ist mit Robert? Entweder du rückst jetzt raus mit der Sprache, oder ich fahre mit dir aufs Präsidium und dort erzählst du eine andere Geschichte als vorhin."

„Vorhin? Nein, nicht die Polizei! Bitte!" Sie verschränkte die Arme vor der Brust, überlegte kurz, dann sagte sie: „Okay, Janic kann Perle nicht mehr halten. Und Joey hat neulich mal gesagt, wenn ich mit der Schule fertig bin, kann ich bei ihm arbeiten. Er will eine Ranch pachten, so eine wie die hier."

„Das hat er wirklich gesagt?"

Maxi schniefte. „Hast du mal ein Tempo", brachte sie heraus.

Ich gab ihr mein letztes. „Weiter. Und was ist mit dem Draht?"

„Okay, ist ja nix passiert! Janic hat gesagt, wenn Robert nicht mehr reiten kann, dann erbt Joey die Ranch. Ich kann Geld verdienen, und dann kann ich Perle übernehmen."

„Wenn Robert nicht mehr reiten kann? Und wem genau wolltest du helfen? Doch bestimmt nicht Robert? Oder hast du etwa den Draht gespannt, weil du wusstest, dass Robert morgens ausreitet – heißt das, du wolltest ihn umbringen? Oder wollte das jemand anderes?"

Sie schwieg, Tränen liefen ihr die Backen herunter, sie suchte nach Worten: „Ich wollte ihn doch nicht …, nein, nicht … ich wollte nicht, dass er stirbt …"

„Maxi! Das macht alles keinen Sinn! Noch mal von vorne: Woher wusstest du, dass Robert am frühen Morgen ausreitet? Hast du den Draht gespannt, bevor du mit Joey nach

Belgien gefahren bist, weil du wolltest, dass Joey die Ranch erbt und du seine Partnerin wirst …?"

„Nein Vera, ich wollte doch nur …"

„Ja, ich weiß, Perle! Jetzt hör mir gut zu: Wir fahren jetzt nach Hause. Aber morgen gehen wir beide zu Joey und du wirst ihm die Geschichte noch einmal wahrheitsgemäß erzählen und dich bei ihm entschuldigen! Und wenn Robert wieder gesund ist, wirst du dich auch bei ihm entschuldigen. Und ihn fragen, wie du alles wiedergutmachen kannst. Und wir beide gehen demnächst zur Polizei und du machst deine Aussage."

„Gut, dann fahren wir jetzt!", sagte sie sichtlich erleichtert, ein bisschen zu schnell für meine Begriffe. Ich war mit meiner Standpauke noch nicht fertig: „Sei froh, dass du noch nicht strafmündig bist. Und noch eins: Ab sofort redest du kein Wort mehr mit diesem Janic! Verstanden?"

Sie schaute blicklos vor sich hin, dann umarmte sie mich und schluchzte: „Ich mache alles wieder gut, versprochen!" Und nach einer Weile trotzigen Schweigens stammelte sie: „Ich bin ja noch nicht mal 14."

Auf der Fahrt kroch der Beat des Türk-Rock in meine Gehirnwindungen, klopfte an die Schädelwand. Ich ertrug es bis zum Tunnel, dann machte ich ihr ein Zeichen. Sie drückte die Lautstärke sofort herunter.

Zehn Minuten später waren wir zu Hause.

„Boah, bin ich müde." Sie verzog sich ins Badezimmer, Nemo wartete vor der Tür, bis sie wieder herauskam; er folgte ihr in die Küche, sie füllte ihm eine Schale mit Wasser, trank selbst ein Glas voll; dann wünschte sie mir eine gute

Nacht, warf dem Käpt'n einen auffordernden Blick zu, und die beiden verschwanden in ihrem Zimmer.

Ich setzte mich mit einem Pfefferminztee auf die Couch, meine Gedanken wirbelten durcheinander, es gab so viele Stränge, die sich zu verknoten drohten. Im Basiskurs hatten sie uns eingeschärft, streng zwischen privaten Dingen und Auftrag zu trennen. Das war eine der Grundregeln. Theoretisch funktionierte sie wunderbar und sie erwies sich auch beim Schreiben als nützlich, doch im wirklichen Leben ballten sich alle meine Probleme zu einem dicken Knäuel, und ich fand den roten Faden nicht. Am meisten litt ich unter der Entfremdung zu Maxi. Wehmütig dachte ich an unsere gemeinsamen Leseabende auf der Couch. Unser Zusammengehörigkeitsgefühl war einem gegenseitigen Misstrauen gewichen; nur weil wir beide wussten, dass wir zusammenzubleiben mussten, ließen wir es nicht zum Äußersten kommen.

Wie zum Hohn fing mein Herz zu hämmern an und ich dachte plötzlich an die letzte anonyme Mail – da war von Maxi die Rede gewesen, dass sie mich verlassen würde. Und irgendwas von Back up? Rückwärtsrichten, dass von jetzt an alles wieder zurück ginge? Hatte nicht Maxi Back ups mit Perle geübt? Oder ich? Allmählich wusste ich wirklich nicht mehr, was wirklich geschehen war und was ich mir zusammenphantasierte. Mein Herz pochte immer stärker, kein Wunder bei diesem Kuddelmuddel. Zuerst dieses dumpfe Pochen, gegen das keine Konzentrationsübung und ruhiges Atmen half und dann brummte auch noch das Handy, es brummte immer lauter. Als wäre mein Herz mit dem Handy gleichgeschaltet, wie ein Vorwarnsystem, das Innen mit Außen verband. Nicht aufklicken, nicht aufklicken, Handy abschalten, trommelte es in meinem Kopf, doch meine Finger waren schneller. Natürlich hatte ich es gewusst: *„Ein alter Bekannter. Merkst du es endlich? Das ist kein Spiel. Deine Arroganz ist bodenlos und führt ins blanke Verderben. Es gibt so viele Wege in die Hölle. Der Hirsch mit dem großen Geweih, jetzt ist es aus damit. Lass einfach los, kehr um, bevor es zu spät ist. Denk einfach mal drüber nach. Back up. Hahaha. Schwarze Grüße wie stets von einem alten Bekannten."*

Was für ein Schwachsinn! Ich legte meine Hand auf mein pochendes Herz, erinnerte mich daran, wie ich den Hengst beruhigt hatte, aber es half alles nichts. Ich hatte es mit einem Verrückten zu tun – mit jemand Unberechenbarem. Wer? Helmut bestimmt nicht, er hatte wirklich keinen Grund, mich so zu erschrecken. Aber wer dann? Der Kerl drohte mir mit der Hölle! Janic! Natürlich! Ich sah ihn, wie er um die Stallecke witschte, ein schwarzer Schatten, der die Pferde scheu machte und sich daran aufgeilte. Wie Rumpelstilzchen, der auf Glas biss und laut knirschte. Er war es, es gab keine andere Möglichkeit. Ich zitterte am ganzen Körper, mein Brustkorb wurde eng. Ich hätte literweise Wasser trinken sollen, irgendwas musste in Lydias Tee gewesen sein, literweise Wasser hätte ich …, hatte ich aber nicht.

Ich habe nicht literweise Wasser getrunken und jetzt zirkuliert das Gift in meiner Blutbahn. Die Angst schüttelt mich, sie treibt mir den Schweiß auf die Stirn, mir wird heiß, was soll ich machen? Meine Pulsschläge zählen? Nein, besser nicht, ich spüre auch so, dass sie über 90 gehen. Weit über 90. Wie viele Pulsschläge kann ein Mensch in der Minute haben ohne aus zu ticken? Einfach nur sitzen bleiben und auf das Display starren? 100 Pulsschläge, es wurden immer mehr und immer schneller. Kalt, auf einmal ist mir kalt. Ich kann nicht mehr klar denken. Nein, nicht auf das Display starren, die Luft wird knapp. Janic will mich ausschalten. Sie wollen mir Maxi abspenstig machen, er und Lydia. Aber das haben sie doch schon! Maxi sucht ihren Vater, geht mir durch den Kopf, Gerson hat uns verlassen und sie sucht einen Vater, das hatte sie neulich selbst gesagt. Janic will mich umbringen. Kennst du nicht deinen Vater, habe ich sie gefragt. Dieses Bild, das du mir gezeigt hast von dem Jungen, er hat mir so ähnlich gesehen, er ist es, warum verheimlichst du ihn mir? Was hat sie sich zusammengereimt? Ich muss mehr mit ihr sprechen, wir verlieren den Kontakt zueinander, es war alles zu viel. Schon wieder verknoten sich die Gedanken; ich soll doch arbeiten, schreiben, Geld verdienen, eine Geschichte schreiben – das kann ich nicht, nicht jetzt, unsagbar müde, bin so unsagbar müde, ich taste nach meinem Tee, die Tasse steht auf dem Tisch, ich muss aufstehen. Einfach hier sitzen bleiben und immer kleiner werden. Ich werde nie wieder aufstehen.

Da – ein Kratzen an der Tür, sie springt auf, ein Satz und er ist neben mir. Leckt mir die Hände, winselt. „Käpt'n!" Ich legt meine Wange an seinen Hals, murmele „Käpt'n, danke, dass du da bist."

Mitten in der Nacht wachte ich auf. Sein Kopf lag auf meinem Schoß und er schnarchte. Ich wand mich vorsichtig heraus, er wachte auf, sah mich mit gerunzelter Stirn an, fragte: „Und jetzt?"

„Wir gehen ins Bett, Nemo", sagte ich.

Am nächsten Morgen lag eine Zettelpost auf dem Küchentisch: *„Perle braucht mich. Gehe auch zu AP. Soll ich ihn fünf Minuten auf hartem Boden führen? Oder lieber reiten? Schreibe."* Und auf meinem Handy fand ich die Nachricht: *„Nemo nehme ich gleich mit."*

Warum bist du nicht in der Schule, wollte ich texten, bis mir bewusst wurde, dass Samstag war. Hatten wir nicht abgemacht, dass wir heute zusammen zu Joey gehen wollten? Oder saß Joey noch in U-Haft auf dem Präsidium? Ich war immer noch ziemlich durcheinander, wenn auch nicht mehr so schlimm wie gestern Nacht. Warum hatte Maxi nicht auf mich gewartet? Wie merkwürdig sie sich gestern im Stall verhalten hatte, ihre Erzählfreude bei der Polizei, und dann ihre nebulösen Antworten auf meine Fragen, das verkörperte schlechte Gewissen. Wenn ich nicht den Draht gefunden und sie zur Rede gestellt hätte, hätte sie bestimmt wieder nur eine neue verrückte Geschichte erzählt. Am meisten wunderte ich mich, wie abweisend sie sich Janic gegenüber verhalten hatte. Irgendetwas zwischen den beiden musste vorgefallen sein. Irgendwas an der Drahtgeschichte kam mir sehr seltsam vor.

Nach einer kalten Dusche und einer Tasse Espresso besann ich mich auf die nächsten Schritte. Zuerst musste ich mich um eine Besuchserlaubnis für Joey kümmern. Und ihm von Maxis merkwürdigem Geständnis erzählen. Und ich musste endlich mit jemandem über die Drohmails sprechen. Vielleicht hätte ich es nicht tun sollen, ganz bestimmt sogar nicht, doch meine Finger übernahmen die Initiative. Gerson nahm sofort ab. „Ich muss mit dir reden", sagte ich. Wir verabredeten uns um 11 Uhr 30 im Café am Markt.

Er saß ganz hinten im Lokal auf einem Sessel vor einer großen Tasse Cappuccino, blass und übernächtigt aus, wie nach einem Atlantikflug. Ich bahnte mir meinen Weg durch die kaffeetrinkenden Frauen und Kinderwagen und war froh, dass ich keine Bekannte traf. Wir begrüßten uns mit zwei artigen Küsschen rechts und links, ich setzte mich auf den Sessel gegenüber. „Noch einen Cappuccino", rief er Sonja hinter der Theke zu. „Gut, dass du gekommen bist, ich wollte dich auch schon sprechen."

Wegen Cora, dachte ich, sie wollen heiraten! Sonja brachte zwei Tassen Cappuccino, auf denen zwei ineinander verwobene Schokoherzen schwammen. Nice, hätte Joey gesagt, aber ich überlegte, ob ich nicht lieber aufstehen und gehen sollte, doch dann sagte Gerson: „Ich habe sie getroffen, neulich ..."

„Wen?"

„Maxi – ich dachte, du bist wegen ihr gekommen?"

„Eigentlich wollte ich ...", setzte ich an, doch ich sagte: „Was ist mit Maxi, sag schon."

„Sie ist noch nicht mal 14."

„Ja – weiß ich, sie ist 13 ½ und benimmt sich wie 12."

„Du meinst ihre Pläne?"

„Was für Pläne – Gerson, mach's nicht so spannend."

„Na ja, sie will mit ihrem Reitlehrer, diesem Joey, der

anscheinend bei euch ein- und ausgeht, einen Ponyhof übernehmen. Joey hat sie gefragt, ob sie seine Partnerin werden will."

„Wie bitte? Was für eine Ranch?" Mir standen die Haare zu Berge.

„Sie meint den Hof, wo jetzt dein AP steht."

„Aber der gehört Robert! Ich habe nichts davon gehört, dass er verkaufen will. Und Joey hätte nicht das nötige Kleingeld um ein paar hunderttausend Euro locker zu machen.

„Das ist es ja – Maxi hat erzählt, dass Joey die Ranch erben wird, wenn Robert stirbt. Er leidet anscheinend unter einer schlimmen chronischen Krankheit, er braucht jeden Tag eine Spritze, Maxi hat schon mehrere gebrauchte im Wald gefunden. Er versteckt sie, damit sich seine Frau keine Sorgen macht."

Es fehlte nicht viel und mir wäre die Tasse aus der Hand geglitten. „Was sind das für irrsinnige Geschichten? Wann hast du Maxi das letzte Mal getroffen?"

„Vor vier Tagen, an unserem Jour fix. Sie kommt pünktlich. Vielleicht, weil ich ihr immer 50 Euro gebe?"

„Du gibst ihr jede Woche 50 Euro?"

„Für Reitstunden."

„Das darf nicht wahr sein!"

Gerson sah mich erstaunt an. „Aber das weißt du doch, Vera."

„Was weiß ich? Dass ihr euch regelmäßig trefft? Ja, natürlich. Ich meine was anderes. Was für Reitstunden? Sie bewegt das Pferd von Janic, dem Stallknecht, das ist alles."

In meinem Gehirn rattert es. Gestern Morgen waren

Joey und Maxi zum Pferdekauf aufgebrochen, abends stand Shogun auf dem Hof. Roberts Reitunfall war am selben Tag passiert. Joey war verhaftet worden, weil ihn jemand angeschwärzt hatte, wegen versuchten Mordes. Ein über die Wiesen gespannter Draht. Ich hatte eine ganze Rolle davon in unserem Spind gefunden und Maxi hatte mir keine eindeutige Antwort gegeben, ob sie den Draht gespannt oder mitgeholfen hatte.

Deshalb war sie also heute Morgen so schnell aufgebrochen – sie wollte nicht mit mir zusammentreffen. Mein Handy dudelte.

„Matters of the heart, dein Handy", sagte Gerson. Es klang wie eine Feststellung, wenn ich nicht diesen feinen Unterton herausgehört hätte.

Joey! Ich drückte den Anruf weg und wurde unruhig. Warum saß ich hier und redete unnützes Zeug? Ich musste sofort los, musste mich um Joey kümmern, musste Maxi die Ohren lang ziehen, aber diesmal kräftig, beim Präsidium anrufen, alles aufklären. „Gerson, bitte entschuldige – Joey – Ich muss los."

„Du solltest dir endlich mal ein anderes Handysignal zu legen, findest du nicht?" Er klang verschnupft; matters of the heart war seine Melodie. Er hatte sie mir heruntergeladen; ganz Gerson, cool und dabei so rührend kindlich. Ich hatte das Signal löschen wollen, jetzt war ich froh darüber, dass es noch da war. Plötzlich überfiel mich ein irrationales Glücksgefühl, erfasste meinen ganzen Körper, machte mich warm und weich. Am liebsten hätte ich ihn in den Arm genommen und noch zwei Schokoherzen aus Milchschaum bestellt.

„Sehen wir uns bald wieder?", sagte ich.

„Heute wollte ich dir eigentlich etwas ganz anderes erzählen", sagte er.

„Ich dir auch", sagte ich. „Was Wichtiges."

Seine Miene hellte sich auf. „Ich ruf dich an, wenn ich aus Berlin zurück bin. Eigentlich wollte Maxi mitkommen, zur Fridays-for-future-Demo, aber ich glaube, das lassen wir lieber."

Ich kramte nach meinem Geldbeutel.

„Lass mal, Vera! Matters of the heart", sagte er.

Ganz kurz kämpfte ich gegen einen Einfall – in der E-Mail war es um Rückwärtsrichten gegangen, um Back ups – ging es wirklich alles wieder zurück? Doch dann sah ich Gerson vor mir sitzen, wie er mich erwartungsvoll anschaute und wusste: Wir gehen nicht zurück, wir gehen weiter. Ich beugte mich zu ihm und küsste ihn auf die Wange, nur auf die rechte, aber nicht so förmlich wie bei der Begrüßung.

Löwenherz

Hatten sie ihn freigelassen? Begierig seine Stimme zu hören klickte ich auf die Mailbox. Nichts. Tippte auf seine Nummer, wieder nichts. Möglicherweise war er schon auf der Go-West-Ranch, gab Reitstunden und hatte das Handy abgestellt? Ich überlegte nicht lange und fuhr los.

Vor der Scheune parkten vier schwarze SUVs, das sah nach neuer Kundschaft aus. Die Sitze wie geleckt, keine Longen, Knotenhalfter, Sporen, Regenjacken, Abschwitzdecken, Wasserflaschen, leere Leckerlitüten oder Körbe mit Fallobst wie bei uns Pferdemenschen. Vermutlich gehörten die Luxuspanzer den grazilen pferdebeschwänzten Müttern, die ihre Kleinen nachmittags zur Reitstunde brachten?

Doch was ging mich das an? AP stand friedlich in seiner Box und kam brummelnd zu mir. Sein Fell glänzte, seine Mähne war zu dicken Zöpfen geflochten, der Schweif mustergültig handverlesen, die Hufe ausgekratzt und gefettet. Er legte mir den Kopf auf die Schulter, ließ sich den Hals graulen. „Ich muss Joey suchen", sagte ich nach gefühlten zehn Minuten und riss mich los.

Joey war nicht in der Reithalle. Dafür fünf Männer in Jeans und Kapuzenjacken, wie aus einem Freizeitkatalog. Und Cloud, Storm und Perle. Die beiden Wallache gönnten sich tiefenentspannt mit hängenden Köpfen eine Pause. Perle hatte sich hingelegt. Eine junge Frau ging von einem Mann zum anderen und flüsterte ihm etwas zu. Sie strafften sich und fixierten ein Pferd mit den Augen. Nicht einmal die sensible Perle hielt es für nötig, ihre gemütliche Lage zu verändern. Die Männer drehten sich ratlos zu der Trainerin um, die gelangweilt in der Ecke stand. Ich schaute noch eine Weile zu, bis mich eine laute Stimme aus meiner Betrachtung riss: „Hey Vera!" Es war Janic.

„Lydia hat mir alles erzählt, sie wird nicht mit ihm fertig. Wie sieht es mir dir aus, hättest du nicht Lust?"

„Ich soll Shogun reiten?" Ich hatte den Hengst beruhigen können und ihn aus dem Hänger geführt, doch was hieß das schon? Reiten stand auf einem anderen Blatt.

„Oder Maxi, lass sie es machen, ich habe sie schon gefragt, sie hat wirklich Talent!"

Ich schluckte. Hatte mir meine Tochter nicht versprochen, dass sie den Kontakt zu Janic aufgeben würde?

In der Halle ließen sich Cloud und Storm gerade ächzend in den Sand fallen und wälzten sich genüsslich, während die Trainerin einen der Männer umarmte. Ich hörte etwas wie: „Unglaubliches Vertrauen ... Eure Liebe ... Empathie ..." Die anderen Männer lächelten blicklos vor sich hin, wie Menschen, die mit den Anfängen einer leichten Demenz oder Schlimmerem zu kämpfen hatten.

„Was soll das Ganze?" Ich meinte Maxi, doch Janic sagte:

„Cindu? Das ist das Neueste, pferdegestütztes Coaching für Manager. Joey hat sie auf der Westernhorse-Seite entdeckt und gleich angeheuert. Es geht um Führungsqualitäten. Kommt ne Menge bei rum! 100 Euro pro Person. Mehr als mit Reitstunden, gell?"

Manager! So erklärten sich die schwarzen SUVs.

„Führungsqualitäten? Joey ist doch Reitlehrer?" Schnell überschlug ich in meinem Kopf die Endsumme: 400 Euro für eine Stunde – du meine Güte! Vielleicht machte ich irgendetwas falsch – von Lydia würde ich nicht einmal eine Aufwandsentschädigung bekommen, wenn sie absagte, aber ich war ja auch kein Coach.

Janic grinste mich an. „Reiten ist Machtausübung", sagte er. „Aufzwingen eines Herrscherwillens auf ein wehrloses Wesen."

Ich dachte an Nine, manchmal war ich ihr restlos ausgeliefert gewesen, sie war ein Alphatier, kein wehrloses Wesen, sie wusste immer genau, was sie wollte. „Kommt drauf an", sagte ich gereizt.

„Zuviel Löwenkraft, da geht die Sensibilität verloren. Die braucht man für Beziehungen." Janic ging mir auf die Nerven, was wusste der schon von Joey, oder meinte er am Ende mich?

„Joey braucht Geld; an deiner Stelle würde ich – ich meine, nimm doch mal Kontakt mit Cindu auf."

„Mach dir um mich mal keine Sorgen", sagte ich mühsam. Ich wollte endlich weg, die geschniegelten Typen in der Halle konnten mir gestohlen bleiben. Aus dem Hof hinaus, vorbei an Elses Gemüsegarten, an dichten Brombeerhecken, knorrigen Apfelbäumen. Vor Jahrhunderten hatten die Wagenräder der Bauerngespanne diesen Hohlweg in den Löß gegraben; im Wald lagen umgefallene Baumstämme kreuz und quer übereinander, auch Äste und trockenes Holz, das der letzte große Sturm heruntergeschlagen hatte. Unter den Bäumen schimmerte die blanke Erde, kein Moos, keine Farne, nur ein paar braune Grashalme. Der Ruf des Mäusebussards, einsilbig und durchdringend wie eine Warnung, galt der struppigen Maus, die mir gerade über den Weg getorkelt war – der einäugigen Hofkatze war sie gerade noch entwischt.

Der Vorratskeller in der Lößwand war von Roberts Vorfahren angelegt worden; ein alter Gartenzaun versperrte den Eingang. Als Kind hatten mich solche Orte magisch angezogen, auch heute noch konnte ich nicht einfach so daran vorbeigehen. Reitschülerinnen kamen nie hierher, auch Joey nahm einen anderen Weg; zu seiner Hütte stapfte er den Trampelpfad hinter der Reithalle bis zu dem kleinen Plateau hinauf, wo er einen Roundpen aus Eisengittern zusammengestellt und ein paar Paddocks abgezäunt hatte.

Aus der Höhle drang ein muffiger Geruch. Scherben eines Tongefäßes bedeckten den Boden, auch Plastiktüten, leere Yoghurtbecher und eine gebrauchte Spritze, wie sie Tierärzte benutzen um Antibiotika zu verabreichen. Die Höhle schien jetzt eher zur Zwischenlagerung von Sperrmüll zu dienen. Der Gestank biss mir in der Nase, schnell wandte ich mich ab.

Joey saß im Schaukelstuhl auf der Veranda, die Beine aufs Geländer gelegt. Er schien zu dösen, doch als ich näherkam, sah ich, dass er sich mit seinem Smartphone beschäftigte. Als er mich bemerkte, sagte er: „Hi Vera! Muss noch schnell eine SMS an meine Rechtsanwältin schreiben. Maxi war bei mir", fügte er hinzu und tippte weiter.

Meine Standpauke hatte also doch Wirkung gezeigt, dachte ich erleichtert. Sie hatte sich bei Joey entschuldigt. Ich lehnte mich an das Verandageländer und wartete ungeduldig, bis er zu texten aufhörte.

Nach einer gefühlten Ewigkeit klappte er sein Smartphone zu und sagte: „Sie ist noch eine Runde mit dem Käpt'n laufen."

„Und du, Joey, was ist mit dir?"

„Hast du bestimmt alles schon gehört, oder? Kein dringender Tatverdacht. Robert hat Janic auf der Weide herumlaufen sehen, bevor wir nach Belgien gefahren sind. Ich habe gerade noch ein paar Sachen ins Auto gebracht und auf Maxi gewartet, keine Ahnung, wo sie war. Else und Robert haben sich für mich eingesetzt bei der Polizei, gesagt, dass ich hier wohne – von wegen Fluchtgefahr und so."

„Fluchtgefahr – was für ein Quatsch!"

„Janic wusste, dass Robert gestern nicht zum Zahnarzt musste, Else hat es ihm gesagt."

Joey stand auf, streckte sich, lehnte sich mit dem Rücken ans Geländer, das bedrohlich knackte. „Jedenfalls bin ich wieder frei – es gib Schöneres als sich eine Nacht auf der Polizeiwache um die Ohren zu schlagen." Er wollte nicht so recht mit der Sprache heraus, schien mehr zu wissen, als er zugab.

„Wie gesagt, Maxi war gerade bei mir und …"

„Hat sie wieder irgendetwas Verrücktes erzählt?", fiel ich ihm aufgeregt ins Wort. „Sie hat AP geputzt, kann es sein, dass sie anschließend mit Perle ausreiten war? Ich habe mit Gerson geredet – sie ist in letzter Zeit ein bisschen zu selbständig, finde ich."

„Zu selbständig? Ob das ihren Zustand trifft, weiß ich nicht – sie hat mir auf der ganzen Fahrt von Janic vorgeschwärmt und von Perle. Die Stute muss ein wahres Zauberpferd sein. Maxi ist total verliebt in sie. Für Perle würde sie alles stehen und liegen lassen, da bin ich mir sicher!"

„Da hätte ich auch noch ein Wörtchen mitzureden. Sie ist noch nicht mal 14! Weißt du, was sie Gerson erzählt hat?"

„Was?"

„Dass du sie zu deiner Partnerin machen willst, wenn dir Robert demnächst den Hof vererbt."

„Wie bitte? Sag das nochmal!"

Joeys Handy brummte, er tippte die Nachricht weg, legte das Fon auf den Tisch; drehte sich zu mir um und sagte: „Jetzt hör, Vera, was Maxi *mir* vorhin erzählt hat!"

„Sie hat sich hoffentlich bei dir entschuldigt?" Es brannte mir auf der Seele, ich konnte einfach nicht still sein.

„Hör mir einfach zu. Entschuldigt? Ja – aber zuerst kam ihre Geschichte:

Janic hat ihr eingeredet, dass ich die Ranch erben werde, wenn Robert stirbt. Sie könnte ja ein bisschen nachhelfen, hat er gemeint. Robert sei sowieso schon ziemlich fertig, er braucht jeden Tag eine Spritze. Maxi sollte dann bei mir anheuern und Geld verdienen. Und Perle übernehmen und ihn gleich mitversorgen, er verdient ja nicht viel."

„Das hat sie dir erzählt? Janic? Dass Robert sterbenskrank ist?"

„Bullshit, alles Bullshit! Robert hat einen Sohn, der den Hof erben wird. Aber das mit den Spritzen gibt mir zu denken, ich habe heute Morgen eine im Wald gefunden."

„Vor der Höhle lagen auch welche, ob sie dort vielleicht ihren Sondermüll entsorgen?"

„Bestimmt nicht! Else ist eine Meisterin im Mülltrennen. Sag mal, wie viel Taschengeld bekommt Maxi eigentlich?"

Was für eine Frage! Maxi hatte alles, was sie zum Leben brauchte, Essen, Wohnung, Bücher für die Schule, Kleidung, RNV-Ticket, Handy und was-weiß-ich-noch-alles – aber Taschengeld? „Manchmal jobbt sie in der Bäckerei bei uns an der Straßenecke, Brötchen ausfahren und sowas."

„Ob das reicht?", sagte Joey. „Maxi behauptet, dass sie Janic 50 Euro für eine Reitstunde geben muss."

„Das glaube ich nicht!"

„Sie hat sogar mich schon angepumpt."

Geld für Perle? Sie hatte ja auch Gerson angebettelt. Mich nicht, ich hätte ihr keinen Cent gegeben, das wusste sie.

„Ich habe ihr eingeschärft, dass sie sich von Janic trennen muss.", sagte ich.

„Weißt du, was ich glaube?", sagte Joey nachdenklich. „Janic ist ein Junkie, bestimmt kein Umgang für eine 13 ½-Jährige."

„Hast du das alles deiner Rechtsanwältin geschrieben? Wenn rauskommt, dass Maxi vielleicht was mit dem Draht zu tun hat, dann ist garantiert eine Jugendstrafe fällig – wenn sie Glück hat soziale Arbeit in einer Einrichtung."

„Na und? Oder auch nicht, sie ist ja noch ein Kind. Dabei wäre eine Jugendstrafe wäre ja nicht mal das Schlimmste. Vielleicht könnte sie sogar hier ein Praktikum machen? Sie könnte Shogun reiten, Lydia würde ihr bestimmt ein paar Euro für den Beritt geben."

Das war keine gute Idee, wenn auch gut gemeint, mit dem Thema Schule stand Joey auf Kriegsfuß. Er war nach der Mittleren Reife von zu Hause abgehauen, hatte sich mit verschiedenen Jobs Geld für einen Flug nach Denver/Colorado zusammengespart und in Laramie als Ranchhand auf einer Rinderfarm gearbeitet. Erziehungsprobleme wollte ich mit ihm besser nicht besprechen. Maxi hatte einiges verbockt, die Ermittlungen fingen gerade erst an und sie musste ja auch noch zu Schule. Sie jetzt mit Reitstunden auf Shogun zu belohnen, war richtig daneben.

Ich kramte mein Handy aus der Tasche. „Shit! Schau dir das an." Ich klickte auf das Mailprogramm, gab ihm das Handy. „Er will mich einschüchtern."

Joey las die Mail laut vor: *„Merkst du es endlich? Das ist kein Spiel. Deine Arroganz ist bodenlos. Es gibt so viele Wege in die Hölle. Der Hirsch mit dem großen Geweih, jetzt ist es aus damit. Denk einfach mal drüber nach. Schwarze Grüße wie stets von einem alten Bekannten."*

„Ist das von ihm?"

„Beweisen kann ich es nicht, aber möglich ist es schon, der Typ ist hinterhältig."

Joey schien die Geschichte nicht besonders ernst zu nehmen: „Der Typ hat wohl zu viele Filme geguckt – kennst du ‚The Revenant'? Oder den alten Western ‚Jeremiah Johnson' mit dem jungen Robert Redford? Der Kampf mit dem Grizzly, so was in der Art!"

„Joey, er meint es ernst!" Meine Kehle fühlte sich an wie

ein Reibeisen. „Es ist ja nicht die einzige Mail in der Art, es gibt mindestens noch fünf andere." Der Druck auf meiner Brust, das Flimmern vor meinen Augen, mein Kopf drohte zu zerspringen. Ich ging in die Hocke, lehnte mich ans Geländer. Ein Bild geisterte durch meine Gedanken – vor ein paar Tagen im Stall, er war auf mich zugekommen, hatte auf mich gedeutet mit ausgestrecktem Zeigefinger wie eine Pistole: ‚Du siehst schlecht aus ...' genau wie gerade jetzt war mir elend zumute.

Joey legte mir die Hand auf die Schulter, ließ sie dort, schwieg. Ich saß auf dem Boden, den scharfen Geruch eines Fuchses in der Nase, Brandgeruch, dunkel um mich herum, Tränen in den Augen, ein kleines, verlorenes Mädchen. Ich blieb einfach sitzen, keine Ahnung wie lange. Der triumphierende Ruf des Mäusebussards, der die Maus geschlagen hatte, zerschnitt die Stille.

„Vera!" Joey rüttelte an meiner Schulter. Ich kam zu mir. Mir war, als hätte ich alles schon einmal erlebt, dieses Gefühl in die Enge getrieben zu werden, der Fuchsgeruch – ein Bild flackerte auf und verblasste im selben Augenblick wieder. „Ich habe noch nie solche widerlichen Mails erhalten", brachte ich heraus. „Ich muss herausfinden, wer dahinter steckt."

In meiner Hosentasche vibrierte das Amulett, die kleine silberne Unke. Sie hilft dir, hatte Maxi gesagt. Sie gibt dir ein Löwenherz. „Ich muss endlich wissen, wer dahintersteckt", sagte ich, „aber ich muss es selbst tun."

Am nächsten Morgen klingelte es an der Tür. Wir hatten uns gerade an den Frühstückstisch gesetzt und Maxi sah mich erstaunt an, „Erwartest du jemanden?", sagte sie. Ich zuckte die Schultern, konnte sie gerade noch daran hindern, sich ins Bad zu verziehen. „Hiergeblieben! Könnte es sein, dass du vielleicht Besuch bekommst?"

Es war die Kripo. „Ist Ihre Pflegetochter, Schakeline Baumann, zu sprechen?"

Ich führte die beiden in die Küche. Sie stellten sich vor: „Kommissarin Schmid, Oberkommissar Maurer."

„Ich heiße Maxi", sagte meine Tochter entschlossen.

„Soll ich Ihnen einen Tee oder einen Kaffee machen?" bot ich an. Die beiden schüttelten den Kopf. „Zuerst wollen wir uns mit der jungen Dame unterhalten", sagte die Kommissarin Schmid. „Alleine, wenn es Ihnen recht ist."

„Wenn Sie mich suchen, ich bin im Badezimmer", sagte ich.

Die Unterhaltung dauerte ziemlich lange. Das Waschbecken blitzte, die Dusche roch angenehm nach Lavendel und auf dem Spiegel klebten keine Zahnpastaspuren mehr. Ich wollte mir gerade die Schubladen unseres Badezimmerschränkchens vornehmen, als sie mich in die Küche riefen. Maxi stand an der Spüle und ließ Wasser ins Becken ein, obwohl das Frühstücksgeschirr noch unbenutzt auf dem Tisch stand.

„Setz dich", sagte die Beamtin zu Maxi. Sie gehorchte wortlos. „Wie Sie wissen, sind auf dem Reiterhof zwei schwere Unfälle passiert, einer davon mit tödlichem Ausgang. Ihre Pflegetochter hat uns gerade gestanden, dass sie an dem Unfall gestern beteiligt war, sie hat einen Draht gespannt, über den das Pferd gestolpert ist."

„Das hat sie Ihnen gesagt? Wirklich?", sagte ich entsetzt. „Aber das ist nicht wahr!"

Maxi schaute blicklos vor sich hin, als ginge sie alles nichts an. „Solange wir der Angelegenheit nachgehen, darf Ihre Tochter nicht mehr auf den Hof, sie hat für ein paar Tage Hausarrest."

„Und was ist mit der Schule?", fragte ich.

Maxi machte mir ein Zeichen. „Wir haben doch gerade Pfingstferien", sagte sie vergnügt, wie umgewandelt.

Die Oberkommissarin gab mir ihre Karte. „Rufen Sie uns an, wenn Sie Fragen haben, oder Ihrer Tochter noch etwas einfällt."

„Und was ist mit dem Stall?", sagte Maxi, kaum dass die beiden aus dem Haus waren.

„Nichts", sagte ich. „Du hast Hausarrest! Und du sollst den Kontakt zu Janic aufgeben, darüber haben wir schon gesprochen. Du hast hoffentlich gesagt, dass er es war, der dich zu allem angestiftet hat? Mal ehrlich: Hast du den Draht überhaupt gespannt?"

Maxi starrte mich entgeistert an: „Bist du verrückt? Wieso sollte ich das sagen? Dann kommt er doch in den Knast!"

„Uns was ist mit dir?", schimpfte ich.

„Ich bin erst 13 ½, da können sie mich nicht verknacken. Außerdem stimmt es doch gar nicht!"

„Was stimmt nicht?"

Sie schwieg verstockt. Es hatte keinen Zweck, so mit ihr weiter zu reden. Sie war in einer Stimmung, in der sie das Blaue vom Himmel herunterreden würde. Schweigend stellte ich das saubere Frühstücksgeschirr zurück in den Schrank. Mir war der Appetit vergangen. „Und was ist mit Perle?", sagte sie nach einer gefühlten Ewigkeit. „Du hast doch gehört, was die Beamtin gesagt haben: Bis auf weiteres bleibst du hier im Haus!"

„Aber Besuch darf ich doch?", sagte sie kleinlaut.

„Kommt darauf an, von wem."

„Na, Käpt'n Nemo zum Beispiel?"

„Mal sehen. Wie wär's, wenn du mal ein Buch lesen würdest? Zeit hättest du ja."

Eigentlich hatte ich noch die anonymen Mails erwähnen wollen, doch dann war alles so schnell gegangen und ich war froh, als wir wieder alleine waren. Ganz ehrlich – ich hatte mich absichtlich zurückgehalten. Ich glaubte einfach nicht, dass mir die Polizei in dieser Sache helfen konnte. Schon gar nicht Maurer und Schmid. Ich hatte das Gefühl, dass die Hass-Mails nicht getrennt von meinen anderen Themen zu lösen waren; mir fiel ein Satz aus einem wunderbaren Buch ein, das mir meine Freundin Iris zum Geburtstag geschenkt hatte: ‚Der bewusste Weg mit Pferden'. Darin gab es ein Kapitel ‚Löwenherz', in dem es um den ‚Mut zu fühlen und den Willen zu handeln' ging. Ich musste selbst dahinter kommen. Es half alles nichts, irgendetwas musste ich tun, nur so konnte ich die Kraft meines ‚inneren Löwen' zum Leben erwecken.

„Maxi, ich verzieh mich. Ich muss an den Schreibtisch."

Das ‚Ding-Projekt' stand immer noch auf meiner Pinwand, eine leere Blase voller Nichts. Stoff genug hatte ich, doch mir fehlten der Anfang und der rote Faden. Ich versuchte es mit einer Mind-Map, malte rote Kringel, blaue und grüne, verband sie mit Pfeilen, schrieb kleine Sprechblasen dazu.

‚Everything is connected in some way or another'. Das Satzende hatte es in sich, ‚in some way or another'. Darauf kam es an, und da lag der Haken. Mehr als ein buntes, lustiges, sinnfreies Strich-Kreis-Bild brachte ich nicht zustande. Meine Kritzeleien verfingen sich immer wieder an einem Punkt, von dem aus es nicht weiterging. Einem sehr dunklen Punkt, der alles verschluckte.

Am liebsten wäre ich aufgestanden und zu meinem Pferd gefahren, ein bisschen trödeln, nichts wollen, die Gedanken fließen lassen, leer werden, das Pferd sprechen hören. Doch an diesem Morgen erlaubte ich mir keine kleinen Fluchten; Maxi war zu Hausarrest verdammt worden, sie hätte mir nie verziehen, wenn ich mich allein zur Go-West-Ranch aufgemacht hätte.

Aber ein paar Schritte durch den Garten?

Ich schlenderte zu meinem neuen Beet und spähte voller Neugier auf die krümelige Erde, die ziemlich trocken aussah. Und auf einmal sah ich winzige, grüne Pflänzchen sprießen. Ich füllte schnell eine Gießkanne mit Wasser und bewässerte das Beet sorgfältig. Offensichtlich hatte sich Maxi ihrer angenommen, so war der Hausarrest doch zu etwas gut. Ich setzte mich auf die alte Bank unter den blühenden Apfelbaum, genoss die Stille, die vom Summen der Bienen verstärkt wurde, schloss die Augen. Sah meine Kringel und Striche wie auf einer Leinwand vor mir und den schwarzen Punkt, der alles in sich einsog. Der auch mich mehr und mehr in diese Tiefe zog, bis auf den Grund. Und plötzlich entstand etwas, Bilder stiegen auf, eine Geschichte von tief drunten, aus meinem Innern.

„Vera!" Ich schreckte auf. Maxi schüttelte mich.

„Willst du dir einen Sonnenbrand holen?"

Ich sah sie verwundert an. „Wo kommst du denn her?"

„Ich habe Hausarrest, schon vergessen?", sagte sie. „Und du wolltest arbeiten? Mit geschlossenen Augen, unterm Apfelbaum, geht das so?"

„Auch wenn du es mir nicht glaubst – ich habe gearbeitet! Bin manchmal kreativ und probiere was Neues aus!", verteidigte ich mich. „Und jetzt ist alles weg!"

„Ich sterbe vor Hunger", sagte Maxi. „Soll ich meine oberleckeren Spaghetti zaubern?" Dagegen hatte ich nichts einzuwenden.

Nach dem Essen versuchte ich, mir meinen Traum zurück zu rufen, doch ich fühlte nur ein kaltes Grausen, ohne dass ich mich an die Traumbilder erinnern konnte. Mein Unterbewusstsein ließ sich nicht auf Kommando anstellen. Und dann kam mir eine rettende Idee. ‚Du musst die Quellenbasis erweitern', hatte Helmut immer gesagt, wenn ich wieder mal irgendwo feststeckte. Dieser Tipp hatte mir jedes Mal weitergeholfen. Das war es: Ich brauchte mehr Hintergrundinformationen. Nach ein, zwei Minuten angestrengten Nachdenkens wusste ich auch, wer sie mir geben konnte.

Er begrüßte mich mit meinem Namen, hatte also meine Nummer gespeichert, immer noch! „Wieder was mit Maxi?"

Gerson bemühte sich, sachlich zu wirken; aber ich kannte ihn zu gut, um nicht zu merken, wie sehr er sich über meinen Anruf freute.

„Maxi sitzt erst mal fest, sie hat Hausarrest. Erzähl ich

dir alles später. Es geht um was anderes, um einen Auftrag, für die Künstlerin, die AP kaufen wollte. Ich soll ihr einen Text für ihre Homepage schreiben. Kennst du sie zufällig? Sie lädt einmal im Jahr zu Vernissagen ein."

„Meinst du Lydia Krall?"

„Genau!"

„Dann komm vorbei, ich glaube, da ich kann dir helfen."

Ich schaute auf die Zeitanzeige meines Handys. „Heute gegen Abend?" Ich wollte mit Maxi zusammen Mittag essen und noch ein paar Schritte mit ihr an die Luft gehen. Musste auch noch einkaufen und den Volvo auftanken und nebenbei meine Gedanken sortieren, überlegen, was ich Gerson sagen wollte und was nicht.

„So gegen 19 Uhr?"

„Bei dir?", fragte ich vorsichtig.

„Passt", sagte er.

Gerson wohnte in einem Dreizimmer Maisonette-Appartement in der Bahnstadt. In die gemütliche Altbauwohnung, in der wir vier Jahre lang zusammen gelebt hatten, hätten mich keine zehn Pferde gebracht. Doch was würde Cora dazu sagen, wenn ich auftauchte und ihren gemütlichen Feierabend störte? Eine muffelnde Cora würde alles verderben, selbst wenn sie ausgegangen wäre, würde ihre miese Laune in der Luft hängen. Wie blöd bin ich eigentlich, dachte ich, – warum treffe ich mich nicht mit ihm im Café Freiraum, wie Maxi?

Das Viertel war erst vor kurzem aus dem Boden gestampft worden. Ein Wassergraben, der sich im Sommer in eine mufflige Kloake verwandelte, trennte das Quartier in zwei

Hälften. Es gab kein Grün, dafür viel eckigen, weißen Beton; die Passivhäuser sahen so aus wie alle quadratischen Neubauten; die Fenster ließen sich nicht öffnen und die Mieten waren hoch.

Schon im Treppenhaus umfing mich ein betörender Duft. Bestimmt fand irgendwo im Haus eine Dinnerparty statt – es roch so appetitlich, dass ich mir überlegte, ob ich Gerson nicht zum Italiener an der Ecke einladen sollte. Mein Mittagessen mit Maxi war auch schon eine Weile her und Gemüse mit Gemüse im eigenen Bett an einer Gemüsesoße hielt nicht besonders lange vor. Vielleicht hatte ich mich im Termin geirrt, denn je höher ich kam – ja, sie hatten tatsächlich eine begehbare Treppe eingebaut – desto intensiver wurde der Duft. Ich drückte auf den Klingelknopf; Gerson öffnete mir mit umgebundener Schürze.

„Erwartet ihr Gäste?", fragte ich verunsichert.

„Wir sind verabredet, schon vergessen?" Er zog mich hinein. „Ich dachte, du hast bestimmt nichts gegen Steinpilzrisotto?"

„Aber wer sagt denn, dass ich zum Essen gekommen bin?" Gleich würde Cora aus dem Badezimmer oder sonst woher kommen und das wollte ich mir nicht antun.

„Du störst nicht. Ich bin allein." Ich lugte misstrauisch durch die Tür – Gerson schummelte manchmal, wenn er etwas im Schilde führte, doch ich blickte in einen großen, hellen Raum, der ziemlich leer war. Nur dass sich an der Wand Umzugskisten stapelten.

„Warum ...", stotterte ich und deutete auf die Kisten. „Will Cora verreisen?"

„Verreisen? Keine Ahnung. Sie hat einen neuen Freund –

er ist zehn Jahre jünger als ich. Na ja, ich habe es überlebt. Also, kommst du endlich rein?"

Sonnenstrahlen schrägten durch ein breites Fenster, das den Blick über die Felder bis zum Leierhof freigab, wo früher Nine und AP gestanden hatten. Vor der Küchenzeile war der Tisch für zwei Personen gedeckt, eine Efeuranke schlängelte sich über das weiße Tischtuch, auf dem ein Wein- Kühler mit einer Flasche Pinot Grigo stand. Wie damals, als mich Gerson vom Bahnhof abgeholt hatte, eine Erinnerung an das Glück vor gefühlten tausend Jahren und meine Augen wurden feucht.

„Ich muss mit dir reden, es ist wichtig. Zuerst, meine ich", setzte ich hinzu, als ich seinen enttäuschten Gesichtsausdruck sah.

„Okay." Er band seine Schürze ab und entkorkte die Weißweinflasche. „Aber gegen einen Schluck Pinot hast du doch nichts?"

„Lieber erst mal Wasser."

Alle Fenster waren geschlossen, die tiefstehende Sonne lag auf dem großen Glasfenster, ich schätzte die Raumtemperatur auf satte 30 Grad.

Er schenkte mir ein Glas Wasser ein. „Setz dich", sagte er. „Wir können später essen, wenn es dir lieber ist."

Ich kam gleich zur Sache. „Lydia Krall."

„Was ist mit ihr?"

„Ich habe sie auf der Go-West-Ranch kennengelernt, Joey hat ihr erzählt, dass ich Ghostwriterin bin …"

„Wer ist Joey?", unterbrach er mich. Es klang wie ein Verhör.

„Mein Reitlehrer." Mehr brauchte er nicht zu wissen – es

entsprach den Tatsachen, was hätte ich auch sonst noch sagen können? „Lydia. Sie will, dass ich ihre Lebensgeschichte schreibe. Aber sie hat mir so gut wie nichts über ihr Leben erzählt. Nur dieses abgefahrene Märchen der Gebrüder Grimm aufgetischt, in der eine Unke umgebracht wird und ein Kind stirbt, oder andersherum."

Gerson saß da, den Kopf in die Hand gestützt, die Augen auf Halbmast. Früher hatte er mir manchmal vorgeworfen, ich murmele zu leise vor mich hin, kein Wunder, dass mir niemand zuhöre. War er eingeschlafen?

„Zugegeben, das klingt schräg", sagte ich und bemühte mich, laut und eindringlich zu sprechen. „Sie moduliert Frauenköpfe ohne Schädeldecke und bewahrt darin irgendwelche komischen Pülverchen auf. In einigen wenigstens."

„Ja, und was willst du von mir?"

„Weißt du etwas über sie – aus ihrer Vergangenheit – irgendwas, was mir helfen könnte, ihre Geschichte zu schreiben? Zuerst wollte ich absagen, aber dann habe ich es mir anders überlegt. Ich brauche das Geld, aber das ist es nicht allein."

Gerson fuhr sich mit der Hand durch die Haare, schenkte sich Weißwein nach. „Ich kenne sie schon länger ...", sagte er nachdenklich. „Noch vor ihrem Auslandsaufenthalt ..."

„Wo?"

„Keine Ahnung – in Indien? Nein, ich weiß es nicht. Ich habe sie auf ihren Vernissagen kennengelernt, als Pressefotograf, wir haben uns ein, zweimal in einem Café getroffen. Sie kam mir immer ziemlich exzentrisch vor – wollte im Mittelpunkt stehen, bewundert werden – sie sah sehr gut aus! Sie konnte es nicht ertragen, wenn andere mehr Beachtung bekamen als sie."

„Ist sie verheiratet, hat sie Kinder?"

„Ich weiß nur, dass sie eine Tochter hat."

Beinah hätte ich mich an meinem Wasser verschluckt. „Eine Tochter?"

„Eine tragische Geschichte. Ein wunderschönes Mädchen – Mandelaugen, Samthaut, gertenschlank, gerade mal 14 und klug, immer im Mittelpunkt. Sie legte es überhaupt nicht darauf an, es war einfach so, wenn Lydia mit ihr zusammen auftauchte, dann wurde nicht sie, sondern ihre Tochter bewundert."

„Und was ist daran tragisch?"

„Lydia! Sie schmollte, fing zu zanken an, hatte alles Mögliche an dem Kind auszusetzen, ihre Kleidung, die Löcher in der Jeans, ihre Frisur – kennst du das vielleicht?"

„Meinst du Maxi? Nein, Maxi habe ich viel nachgesehen, zu viel vielleicht, auf die Idee an ihrer Kleidung herumzumäkeln wäre ich im Leben nicht gekommen."

„Okay, kein gutes Beispiel."

„Erzähl weiter."

„Vor zwei Jahren, kurz nachdem sie zurückkam, veranstaltete sie eine Vernissage mit Grillfest und einem großen offenen Feuer. Viele Gäste, die ganze Kunstszene der Region, Lydia stellte ihre deckellosen Köpfe aus. Einige Leute waren verzaubert, andere geschockt, sie bekam endlich die Aufmerksamkeit, die sie sich erträumt hatte. Bis ihre Tochter Maika auftauchte, wie eine Feengestalt, es war, als ob sie in einer Lichtsäule schwebte. Alle Blicke wandten sich ihr zu.

Du hättest Lydia sehen sollen – ihr verzerrtes Grinsen, wie sie auf Maika zuging, sie bei der Hand fasste, sie zum Feuer führte, als wollte sie mit ihr tanzen. Sie tanzten tatsächlich eine Weile, die Leute klatschten. Dann löste sich Lydia von ihr, das Mädchen stand benommen da, taumelte, stolperte, wollte sich mit den Händen abstützen, tastete ins Leere und fiel kopfüber ins Feuer."

„Wie furchtbar! Wurde sie gestoßen?"

„Es kam nie heraus. Maika erlitt schwere Verbrennungen im Gesicht und an den Armen."

Ich schwieg. Mein Kopf dröhnte, ich erinnerte mich an meinen Besuch bei Lydia, wie sie mir ihre Skulptur aufgedrängt hatte, ich fühlte wieder den Schwindel. Ich griff zu meinem Glas. „Jetzt hätte ich gerne ein Glas Pinot", sagte ich.

Gerson schenkte mir ein. Der Wein war kühl und köstlich, er brachte meine Lebensgeister zurück. „Was ist mit dem Mädchen?"

„Sie lebt bei ihrem Vater irgendwo in Asien", sagte er. „In Sri Lanka, glaube ich. Willst du noch mehr hören?"

„Lieber Steinpilzrisotto und vorher noch ein Glas Wein."

Gerson machte sich am Herd zu schaffen, während ich die Tischdekoration auf mich wirken ließ. Es ist wie zuhause, dachte ich. Die Efeuranke und gelbe Servietten. Mich durchflutete ein warmes Gefühl der Zuneigung, der Vertrautheit, wie ich es bei keinem anderen Menschen kannte. Wenn es ein Zeichen gab, dass zwei Menschen ein Paar sind, dann war es dieses Gefühl. Und gleichzeitig war da eine Stimme, die mir irgendetwas zuflüsterte. Ich wollte sie mit einem Schluck Pinot vertreiben, kniff die Augen zusammen, doch sie verstummte nicht, sie wurde nur deutlicher: *Es stimmt nicht, er hat dich verlassen, packe sie ein, deine Sentimentalität.*

„Was ist denn los?" rief Gerson. Ich rieb mir die Hand – ich hatte, ohne es zu wollen, mit der Faust auf den Tisch geschlagen –, meine Hand schmerzte, aber immerhin, die fiese Stimme war verstummt.

„Ich glaube, ich habe einfach nur Hunger."

Das Risotto schmeckte himmlisch, mit Liebe gekocht, wollte ich sagen, wenn nicht schon wieder die Stimme in meinem Hinterkopf angefangen hätte zu rumoren, deshalb ließ ich die Liebe weg und sagte: „Dieses Risotto damals, weißt du noch, als ich von meiner Archivreise aus Berlin nach Hause kam?"

„Stimmt – nur dass es Pasta war, kein Risotto."

„Und als wir anfangen wollten zu essen, kam der Anruf aus dem Stall – Nine hatte eine Kolik."

Als hätte ich es beschworen, tönte in diesem Augenblick mein Handy.

„Matters of the heart", sagte Gerson schnippisch.

Ich hatte schon immer unter der Vorstellung gelitten, dass ich jeden Anruf sofort abnehmen musste, weil ich Angst hatte, dass mir sonst etwas Schlimmes drohte und man mich für ein Versäumnis belangen könnte. Eine meiner Kolleginnen hörte sich alle Anrufe zuerst auf dem AB an, bevor sie sich entschied, abzunehmen – auf so eine Idee wäre ich nie gekommen. Beklommen kramte ich in meiner Tasche. Ich schaute aufs Display. Es war tatsächlich Joeys Nummer, ich drückte sie weg, ganz gegen meine Gewohnheit; ich steckte das Handy wieder zurück. „Nine ist es jedenfalls nicht", sagte ich.

Gerson lachte. Er wirkte befreit, sein ironischer Ton, mit dem er mich so gerne aufzog, war gewichen. Statt die Schüssel mit dem Reis auf den Esstisch zu tragen, kam er zu mir, stellte sich hinter mich, schlang seine Arme um meinen Körper, rieb seine Nase an meinem Ohr, wie er es immer gemacht hatte. „Ich würde dich vermissen, wenn ich dich nicht mehr sehen könnte", murmelte er. Ein paar Sekunden lang standen wir einfach so da, ich fühlte seine Wärme, seinen Atem an meinem Ohr. Unsagbar nah, wie schon lange nicht mehr, fast so, wie am Anfang unserer Beziehung. Nach einer gefühlten Ewigkeit löste ich mich aus seiner Umarmung. Er küsste mich wie zum Abschied, ließ mich los.

„Das Risotto wird kalt", sagte er, während er die zweite Flasche Pinot in den Kühler stellte.

Später, viel später auf der Landstraße, nach dem guten Essen und zu viel Pinot befiel mich das jähe Gefühl etwas verpasst zu haben. Ich hatte so getan, als hätten wir alle Zeit der Welt. Wenn da nicht die Umzugskartons gewesen wären. In vier Wochen würde er nach Colorado aufbrechen und die Wohnung aufgeben, weil er nicht wusste, wohin seine Reise anschließend ginge. In vier Wochen schon! Es ist nicht der Anfang, dachte ich, es ist das Ende.

Showdown

Maxi lag friedlich schlummernd unter der Bettdecke mit ihrem Kuscheltiger Nemo im Arm. Am liebsten hätte ich ihr einen Gutenachtkuss gegeben, doch 2 Uhr morgens war eine schlechte Zeit für zärtliche pflegemütterliche Gefühle. Aber woher kam der Hund? Ich konnte mir nicht vorstellen, dass sie das Haus verlassen hatte; vielleicht hatte sie Joey angerufen, ihm erzählt, wie verlassen und einsam sie sich fühlte und er hatte ihr den Käpt'n gebracht? Neben ihrem Bett lag ein aufgeschlagenes Buch verkehrt herum, ‚Das Schicksal ist ein mieser Verräter', ich hatte es ihr zum 13. Geburtstag geschenkt, sie hatte es nicht einmal aufgeschlagen. Wie langweilig musste ihr gewesen sein, dass sie das halbe Buch durchgelesen hatte?

Auf dem Küchentisch lag ein Zettel. Maxi hatte mir eine Nachricht aufgeschrieben, wie in der guten alten Zeit, als es noch keine SMS oder WhatsApp gab, mit Kuli und Papier. Sie schrieb in Druckbuchstaben gestochen scharf: *Hab's völlig vergessen. Jemand hat vor einer Woche oder so für dich angerufen, irgend so ein Onkel. Du sollst aufpassen, da ist jemand hinter dir her. (haha ☺) Vielleicht ruft er noch mal an? Umarme dich, Maxi.*

,So ein Onkel?' Mir war auf einmal taumelig, und ich verspürte das dringende Bedürfnis nach frischer Luft. Ich faltete den Zettel zweimal und steckte ihn an die Pinwand in der Küche. Auf der Terrasse atmete ich tief durch. Sie meinte mit Sicherheit Onkel Werner, den sie nicht persönlich kannte. Vor wem hatte er mich warnen wollen? Vor Janic?

Als ich am nächsten Morgen das Haus verließ, schliefen die beiden noch. Ich hatte kurz überlegt, ob ich die Haustür abschließen sollte, doch dann schämte ich mich fast für diesen Einfall. Einsperren? Unmöglich. Soviel Vertrauen musste ich meiner Tochter entgegenbringen. Sie war alt genug, um zu wissen, was für sie auf dem Spiel stand.

Bevor ich mein Pferd besuchte, wollte ich mir die Höhle noch einmal genauer ansehen. Und mich dann mit Joey beraten.

Vor dem Eingang lag wieder allerlei Unrat herum – Plastiktüten, schmutzige Papiertaschentücher, Orangenschalen. Das alte Holzgitter lehnte nur locker vor dem Eingang, ich konnte es leicht zu Seite schieben. Drinnen roch es muffig und feucht. Mit dem Handy leuchtete ich den Höhlenboden aus. Gestampfte braune Erde, an den Wänden Steinbottiche, wie sie die Bauern früher für die Lagerung von Weißkohl benutzt hatten. Ich fand wieder eine gebrauchte Spritze und ein Band zum Abbinden beim Blut-Abnehmen. Beides schob ich in den roten Plastikbeutel, den ich immer bei mir hatte für Nemos Hinterlassenschaften. Zwischen zwei Trögen lugte etwas Weißes hervor, ein Nummernschild, HP–PA 45.

Es war ein Saisonkennzeichen von April bis Oktober mit gültiger TÜV-Plakette. Seltsam – ich beschloss, Robert das Schild zu zeigen und dann die Polizei zu verständigen.

Plötzlich verdunkelte sich der Eingang; im selben Augenblick legte mir jemand die Hände von hinten um den Hals. Ich wollte schreien, brachte jedoch nur ein armseliges Grunzen hervor. Das Handy glitt mir aus der Hand, der scharfe Lichtstrahl blitzte meinen Angreifer direkt ins Auge. Erschrocken lockerte er seinen Griff; mein Körper reagierte wie von selbst, ich drehte mich blitzschnell um und trat ihm in den Bauch. Er ließ von mir ab, jetzt sah ich die schwarze Motorradkluft, über Kopf und Gesicht eine Motorradmaske. Ob Mann oder Frau – schwer zu sagen. Der Unbekannte riss das Schild an sich und schlug mir mit der Faust an die Schläfe. Es wurde schwarz vor meinen Augen. Für ein paar Minuten musste ich die Besinnung verloren haben. Als ich wieder zu mir kam, hämmerten Metallklöppel wie auf einem Amboss in meinen Ohren. Meine Augen tränten, ich tastete nach dem Schild, fand mein Handy und robbte auf allen Vieren nach draußen.

„Was soll das werden?" Joey stand vor mir. „Ich habe dich angerufen, wollte dir sagen, dass wir uns die Höhle ansehen müssen – zusammen! Warum antwortest du nicht und machst alles allein?"

„Dumm gelaufen", murmelte ich. „Faustschläge auf den Kopf hatten wir noch nicht, wie man sich dagegen wehrt, meine ich." Joey griff mir unter die Arme und zog mich hoch. Mir war immer noch schwindelig. „Im Selbstverteidigungskurs", setzte ich benommen hinzu.

„Komm hier weg." Er führte mich zur Hütte. Ich ließ mich auf den Schaukelstuhl fallen und schloss die Augen. Die sanfte Schaukelbewegung vertrieb meine Kopfschmerzen, der Kaffeeduft tat sein Übriges. Als ich die Augen öffnete stand die Espressokanne und eine Tasse auf dem Verandageländer. Joey schenkte mir ein. Rappenschwarz und so heiß, dass ich mir fast die Zunge verbrannte. Mein Kopf dröhnte immer noch, doch jetzt war ich wieder bei mir. „Hast du jemand abhauen sehen mit einem Motorrad?", fragte ich.

„Nein, hab ich nicht. Der einzige, der hier Motorrad fährt, ist Janic. Und ich natürlich", setzte Joey hinzu.

„Was? Ich dachte, du fährst den Pickup?"

„Nur wenn ich etwas transportieren muss, für kurze Trips nehme ich das Moped."

„Dein Kennzeichen – fängt es mit HP 45 an?"

„Ich habe es in Heidelberg angemeldet, warum?"

„In der Höhle lag ein Nummernschild."

„Von Janic?"

„Ich weiß es nicht! Das mit dem Nummernschild versteh ich nicht."

„Na ja, ganz einfach, er hat zwei Nummernschilder, ein echtes und ein falsches."

„Aber warum denn?"

„Vera! Soll ich dich nicht doch lieber ins Krankenhaus bringen?"

„Du meinst, er tauscht sie aus?"

„Genau. Aber da ist noch was – gestern musste ich mit dem Hänger in die Werkstatt, ich habe Nemo vorher bei Maxi vorbeigebracht."

„Er lag heute Morgen bei ihr im Bett! Sie schläft bestimmt noch. Sie hat Hausarrest, habe ich dir das nicht gesagt?"

„Heißt das, dass ich jetzt selbst meinen Hund abholen muss?"

„Sieht so aus." Ich war immer noch mit meinen Gedanken beim Nummernschild. „Wir reden die ganze Zeit von einem ‚er'. Ich habe die Person, die mich angegriffen hat, nicht richtig gesehen, es hätte genauso gut eine Frau sein können."

„Lydia! Weißt du es nicht mehr? Als wir mit ihr morgens um 8 Uhr auf dem Hof verabredet waren?"

Jetzt fiel es mir wieder ein. Ich hatte mich gewundert, dass sie neben ihrer Maschine stand, in Jeans und Cowboystiefeln und keinen Helm dabei hatte.

Joey wirkte plötzlich abwesend. Er griff in seine Hosentasche und zog sein Handy hervor. Fixierte das Display, las eine Nachricht, atmete geräuschvoll aus: „Aha, jetzt bin ich dran!" Seine Stimme vibrierte vor Zorn. „Hör dir das an! *Perlen vor die Säue. Lass die Finger weg. Sonst geht der Schuss nach hinten los. Unsichtbare Schlingen ziehen sich zusammen. Wer hat Angst vorm schwarzen Mann! Ha ha ha! Die magische Wirkung der Worte!! Wir sehen uns beim Showdown im Saustall. Schwarze Grüße, dein Allerwertester. Dein Kampfhund braucht bald keinen Maulkorb mehr, du seniles Miststück.*"

Joeys Gelassenheit war gewichen, sein Gesichtsausdruck verhieß nichts Gutes. „Der Typ droht, dass er Käpt'n Nemo umbringen will", presste er heraus.

„Wir rufen die Polizei!", sagte ich in meiner Verzweiflung. Ich wollte zum Handy greifen, doch jetzt hielt Joey mich zurück, fauchte mich an:

„Hat deine Anzeige gegen Unbekannt irgendwas bewirkt?"

„Ich mache mir Sorgen! Es geht ja auch um Maxi. Nemo ist bei ihr. Kannst du sehen, woher die Mails kommen?"

Joey klickte auf die Mailbox. „Von einem Samsung-Galaxy."

„Na toll! Sehr aussagekräftig. Lydia schickt mir ihre Nachrichten von einem Samsung und Maxi auch – Gerson hat sich ein neues gekauft und sein altes Maxi geschenkt," blaffte sie zurück.

„Kommst du mit?", sagte er. „Wir müssen sie suchen."

Ich war viel zu aufgeregt um hier alleine im Schaukelstuhl sitzen zu bleiben und Däumchen zu drehen.

„Zuerst in den Stall", sagte er.

Lydia wartete schon auf ihn. „Ich komm mit dem Schwarzen nicht zurecht. Wollte ihn draußen am Anbindeplatz putzen, aber das Ding hat mit den Hufen gescharrt und versucht sich aufzuhängen. Gottseidank kam Janic."

„Was? Janic ist hier?"

„Er hat Maxi gesagt, sie soll sich draufsetzen, er nimmt Perle und sie reiten zusammen ins Gelände. Die kleine Runde, das beruhigt."

„Das ist nicht dein Ernst!" Soviel Unverstand hätte ich nicht einmal ihr zugetraut. „Lydia! – Shogun ist ein junger Hengst! Und Perle eine Stute."

„Meinst du, ich bin blöd? Spiel dich nicht so auf! Janic ist doch dabei."

„Sehr beruhigend! Maxi hat Hausarrest, verstehst du? Wie ist sie überhaupt zur Ranch gekommen?"

„Wie immer mit Janic vermutlich."

„Wie immer? Mit Nemo – wie denn, auf dem Motorrad?"

„Keine Ahnung, frag sie doch selbst. Auf dem Gepäckträger vielleicht?"

Lydia war crazy – ich wurde immer unruhiger.

„Und wo sind sie jetzt? Die kleine Runde ins Gelände scheint länger zu dauern?"

Lydia zuckte die Achseln. „Die sind bestimmt zu seinem Bauwagen, wer weiß, was sie alles treiben. Deine hübsche Maxi hat es faustdick hinter den Ohren, das sag ich dir."

Die Metallklöppel hinter meiner Stirn machten mich rasend, aber es gelang mir, in der Spur zu bleiben. Vielleicht half mir auch die kleine silberne Kröte, die ich plötzlich warm in meiner Tasche spürte. „Maxi ist in Gefahr! Ich mache mir Sorgen um meine Tochter."

Lydia wurde blass, wirkte starr, sagte: „Deine Tochter? Ja, ja, natürlich."

Sie zitterte, kramte ihr Handy heraus, klickte nervös darauf herum. Schien nicht das zu finden, wonach sie suchte, wurde fahriger, klickte weiter und plötzlich brach es aus ihr heraus: „Du bringst alles durcheinander! Ich wollte dein Pferd kaufen, dann war es lahm. Verstehst du, ein Pferd nur für mich, das ich liebe und das mich liebt. Dann kam Joey mit dem Hengst! Ich dachte, jetzt ist er ganz für mich da. Und dann sagt er, das Flittchen soll ihn reiten! Und was passiert? Dein Flittchen hat ihn verhext, alle hat sie verhext, Janic, das Pferd und Joey. Ha, ha! Wusste nicht, dass er auf Mütter und Töchter steht!"

„Du hast doch Maxi gebeten mitzufahren, was reimst du dir da zusammen!"

„Seit ihr auf der Ranch aufgetaucht seid, ist hier nur noch

Chaos, Unfälle, sogar einen Mord hat es gegeben", giftete sie mich an. Sie wollte sich umdrehen und stolperte über ihre eigenen Füße, etwas glitt aus ihrer Hosentasche, sie achtete nicht darauf. Sie fing sich wieder und sagte: „Warum redest du dauernd von deiner Tochter? Du weißt alles? Du hast die Geschichte von der Unke doch verstanden? Oder hast du mir nur was vorgespielt?" Sie hob ihre geballten Fäuste, doch Joey hinderte sie gerade noch rechtzeitig daran, auf mich loszugehen. Er bugsierte Lydia zu einem Strohballen und bedeutete ihr, sich zu setzen.

Joey legte Lydia die Hände auf die Schultern. Dann auf Kopf und Stirn, noch einmal auf die Schultern und die Herzgegend. Sie schien sich zu beruhigen.

Weil ich gesehen hatte, dass Lydia etwas zu Boden gefallen war, ging ich zu der Stelle zurück. Es war ihr Fon. Ich fand es unter einem Stuhl, der an der Hallenwand lehnte. Der Bildschirm war nicht gesperrt, ich konnte problemlos das Emailprogramm anklicken. Ein Volltreffer! Lydia hatte ihre ganze Korrespondenz gespeichert! Mindestens zehn Nachrichten an Janic aus den letzten beiden Wochen, Anweisungen, was er tun sollte. Für jeden einzelnen Auftrag versprach sie ihm 50 Euro. *Morgen früh den Draht spannen,* hatte sie geschrieben, am Abend, bevor Maxi mit Joey nach Belgien fahren wollte. Sie rief ihn zu sich, wenn sie ihre Skulpturen neu aufstellen wollte, eine hinter der anderen wie Trophäen eines Kopfjägers. Und ich fand den Text der Mail an Joey, sie hatte ihm alles vorformuliert, ganz im Stil des alten Bekannten, Janic hatte sie nur weiterzuleiten brauchen.

Hektisch klickte ich weiter. Janics Antworten, er beschränkte sich auf ‚wird gemacht, ja, oder nein'. Nach der Anweisung ‚Draht spannen' hatte er geschrieben: ‚Kannst du mir dann noch mal 50 Euro vorschießen?' Er brauchte Geld, musste seine Shots bezahlen! Plötzlich schüttelte es mich: Dieser Kerl war mit Maxi und den beiden Pferden unterwegs. Und mit Nemo.

Die Stalltür wurde aufgeschoben. „Komm mit, schnell!" Joey rannte zu seinem Pickup, hielt mir die Wagentür auf und startete, noch bevor ich mich anschnallen konnte. Er beschleunigte so stark, dass ich nur mit Mühe den Sicherheitsgurt einklicken konnte.

„Ich weiß, wo sein Bauwagen steht. Maxi ist bei ihm. Im Wald, beim alten Gasthof, irgendwo da. Wir können ein gutes Stück auf der Landstraße fahren." Er zog ein buntes Käppi aus dem Handschuhfach, setzte es auf, seine dunklen Locken quollen darunter hervor, aus dem offenen Hemdkragen blitzte seine aquamarinblaue Halskette. Ich atmete tief durch. Ich versuchte mich dagegen zu wehren, doch die Traumbilder waren stärker, ich ahnte, wohin die Reise ging. „Wenn er dem Käpt'n was angetan hat, bringe ich den Kerl um", sagte er.

Hinter der Ranch hörte die Landstraße nach einem Kilometer auf. Nur Eingeweihte wussten, dass von dort ein kurzer Waldweg hinaus auf die Wiesen führte. Verdorrte Äste lagen auf dem Weg, es hatte seit mindestens zwei Wochen nicht mehr geregnet, die Trockenheit, die in der Ebene herrschte, drang allmählich bis in die Täler vor. Nicht lange, dann ging es aus dem Wald hinaus, hier wehte ein strammer Südwind, der die grünen Wegraine in dürres Gestrüpp verwandelte und den Feldweg in eine steinige, holprige Wüstenstraße. Die lieblich grüne Landschaft, die mich noch vor kurzem erfreut hatte, war verschwunden. Auf den Feldern staubte schwarzer Mais. Wohin ich auch blickte, graue gespenstische Trostlosigkeit.

„Joey, hast du eine Waffe?" Keine Ahnung, wie ich auf die Frage kam, natürlich hatte er keine Waffe, das passte nicht zu ihm. Doch dann fiel mir mein Traum ein.

„Meine Kalaschnikow liegt auf dem Rücksitz."

Ich schaute mich um. Joey lachte. „Du glaubst auch alles!", sagte er. „Ich brauche keine Knarre – hab meine Fäuste und meine Fersen – Kickboxen – kannst du doch auch!"

Tritte gegen den Sandsack, der alles hinnahm, sich nicht wehrte. Boxschläge in die Luft – klar konnte ich das. Im Fitnessstudio. Aber hier draußen? Gegen einen Gegner, den ich nicht kannte, der zu allem bereit war?

Auf der Höhe weitete sich der Blick in alle Himmelsrichtungen, bis in die Rheinebene. Auf den Wiesen dösten Pferde in der Sonne, drängten sich Kopf an Hinterhand im spärlichen Schatten der alten Obstbäume. Der Pickup holperte mit atemberaubender Geschwindigkeit durch die Schlaglöcher und wirbelte Staub auf, der sich auf unsere Lungen legte. Ich zuckte zusammen – ein Telefon klingelte, ein altes Telefon, so wie das alte schwarze, das bei meiner Großmutter im Flur gehangen hatte. „Dein Handy", sagte Joey, hörst du nichts?"

„Matters oft he Heart?", sagte ich und schüttelte den Kopf. Joey warf mir einen belustigten Blick zu.

Das Telefon klingelte weiter und das Geräusch kam aus

meiner Jackentasche. Verdutzt griff ich hinein und zog Lydias Fon heraus, ich musste es vorhin in der Aufregung eingesteckt haben.

„Geh dran", sagte Joey aufgeregt. „Das ist er! Drück auf ‚Lautsprecher'."

„Ja?"

„Lydia? Endlich …! Die Kleine – das Flittchen – der Hengst wäre beinah mit ihr durchgegangen … und Perle …", er verhaspelte sich, bekam keine Luft, hustete. „Antworte", flüsterte Joey mir zu.

„Janic? Wo bist du?"

„Na wo wohl – beim Wagen. Im Wald, mit Shogun beim Felsen – tu doch nicht so, als ob du nicht weißt wo."

Beim Felsen? Wo gab es hier einen Felsen, fuhr es mir durch den Kopf. „Was ist mit Maxi?"

„Hey, Lydia! Bist du das? Du klingst so anders!"

Mist, ich hätte nicht nach Maxi fragen sollen! Jetzt hörte ich nichts mehr, die Leitung war tot.

„Dachte ich mir, beim Felsen", sagte Joey, „irgendwo dort habe ich neulich den alten Bauwagen gesehen."

„Ist es noch weit?"

„Zehn Minuten? Wenn er das Ding nicht inzwischen woandershin gestellt hat."

In meiner Jackentasche brummte Lydias Handy schon wieder. Ich schaute auf das Display und las: ‚Show your gun'.

Plötzlich tat es einen Ruck und der Range Rover stand. Der Sicherheitsgurt schnitt in meinen Hals, meine Brust schmerzte. „Was um Himmelswillen …?" Joey stieß die Tür auf und sprang bei laufendem Motor hinaus. Ich drehte den

Zündschlüssel um, beugte mich über den Fahrersitz, und jetzt hörte ich ihn winseln. Es war ein rührender Anblick. Joey kniete mitten auf der Straße und hielt Käpt'n Nemo im Arm. Er hob ihn auf und trug ihn zum Pickup. „Ist er verletzt?", fragte ich.

„Nein, nur ziemlich durcheinander." Er hievte Nemo auf die Rückbank. „Er ist abgehauen, gib ihm fünf Minuten, dann bringt er uns hin." Joey wühlte im Handschuhfach nach Keksen, Nemo nahm sie ihm gierig aus der Hand.

„Wenn ihm dieser Hirsch was getan hätte, hätte ich ihn umgebracht!"

Janic, flog es mir durch den Kopf. Die Kalaschnikow, die türkisblaue Kette und der Hirsch – wie in meinem Traum. Die Gegenseite seiner Sanftmut – wie er Lydia beruhigt hatte – für seinen Hund würde er töten, auch ohne Waffe.

„Wir fahren auf der Straße weiter, bis der Waldweg nach Osten abzweigt, dann übernimmt der Käpt'n."

Es war eher ein Pfad, dessen Anfang selbst für Ortskundige kaum zu sehen war. Joey parkte den Pickup am Wegrand. Wir stiegen aus und Käpt'n Nemo sprang aufgeregt bellend vor uns her „Still, Käpt'n!", doch Nemo stürmte weiter, stoppte kurz, wartete, trabte wieder los, dann drückte er die Nase auf den Boden, er schien einer Fährte zu folgen, nicht mehr aufzuhalten.

Joey war schon weit voraus, als mich ein dringendes Bedürfnis überfiel. „Joey!" Im Laufen sah er sich um und machte mir ein Zeichen, mich zu beeilen. „Joey, bitte wartet, bis ich … ich meine, ich muss mal." Er blieb stehen, ungehalten.

„Nemo ist schon weit voraus – ich muss ihm nach."

Ich ging vom Weg ab ein Stück in den Wald, musste kurz daran denken, was für einen Zirkus Nine gemacht hatte, wenn sie auf der Koppel hatte pinkeln müssen, es hatte ewig gedauert, bis sie die richtige Stelle gefunden hatte. Vor mir stand jetzt eine Wand von Brombeerhecken, dorniges Gestrüpp ohne Durchschlupf. Zurück auf den Pfad und weiter bis zum Ende des Brombeerschlags. Unter den hochstämmigen Buchen hatte ich dagegen freie Sicht nach allen Seiten, auch kein guter Platz. Meine Blase drückte und drückte. Ungeduldig griff ich in meine Tasche, spürte die kleine silberne Unke und umschloss sie mit meiner Hand. Im selben Augenblick entdeckte ich vor mir einen von Gebüsch überwuchernden Holzhaufen, hinter dem ich endlich meinen geschützten Platz fand. Erleichtert öffnete ich den Reißverschluss meiner Jeans. Lange hätte ich es nicht mehr ausgehalten.

Ich meinte Hundegebell zu hören, Stimmen, Motorgeräusche, oder war es eine Kreissäge? Schrie da jemand um Hilfe? Angst schlich in meine Glieder, was, wenn Janic ein Messer dabei hatte und Nemo damit angriff? Nemo wurde zum Kampfhund, wenn man ihn zu einem machte. Er gehorchte Joey aufs Wort, wenn Joey zu allem bereit war, dann war er es auch. Eine dunkle Welle klebrigen Schlamms schob sich in mir hoch, ich würgte, wollte schreien, musste husten.

Ich musste weiter. Im Laufschritt ging es bergauf durch einen dichten Fichtenwald, meine Lunge zog sich zusammen, ich keuchte, doch jetzt wurde der Wald lichter, Sonnenstrahlen schrägten durch die Äste. Ich hielt inne. Da! Im Gegenlicht erschien eine Gestalt – oder waren es zwei?

„Joey!" Er kam auf mich zu, neben ihm Janic. Aber wie sah er aus? Keine Spur mehr von dem drahtigen Abenteurer, den ich in Erinnerung hatte. Er zog das rechte Bein nach, stützte sich auf Joey, sah blass und verängstigt aus. Nemo sprang knurrend um die beiden herum.

„Was ist passiert? Wo ist Maxi?"

Joey gab mir den Führstrick, den er sich um die Taille gebunden hatte und ein Knotenhalfter.

„Es ist nicht mehr weit. Bring Shogun mit. Er steht im Paddock oder im Schuppen."

„Sag doch, was mit Maxi ist? Und Perle – wo sind sie?"

„Perle steht auf der Koppel, sie konnten sie nicht führen – reiten schon gar nicht."

Janic verfolgte teilnahmslos unser Gespräch, den Kopf im Nebel grinste er vor sich hin.

„Joey, bitte! – Was ist mit Maxi?"

Joey deutete auf Janics Armbeuge, die voller blauer Flecke war: „Er ist zugedröhnt", sagte. „Wo Maxi ist, weiß er nicht. Er hat irgendwas gefaselt, dass ein alter Bekannter gekommen sei und sie mit einem Motorrad abgeholt hat."

„Was? Ein alter Bekannter? Mit einem Motorrad?"

„Keine Ahnung, der Typ hat sich anscheinend bei Lydia erkundigt, wo der Bauwagen steht, er kam von der anderen Seite, auf der Bundesstraße."

„Noch mal: *Ein alter Bekannter?*"

„Sag ich doch. Ich muss Janic zurück zur Ranch bringen, er muss zum Arzt, ist völlig durch den Wind. Geh du zu Shogun zurück, er war ziemlich unruhig. Ich bin in einer halben Stunde wieder bei dir."

„Aber was, wenn der *alte Bekannte* noch dort ist?"

„Das glaube ich nicht! Der Kerl, wenn er überhaupt existiert, ist abgehauen. Shogun ist alleine dort."

„Aber ich kenne ihn doch gar nicht!"

„Er hat Vertrauen zu dir – du hast ihn doch aus dem Hänger führen können – genauso machst du es jetzt auch. Du schaffst es! Shogun ist ein grundehrlicher Kerl. Vielleicht ist Maxi ja bei ihm", setzte er hinzu.

Die Unke in meiner Tasche fühlte sich auf einmal wieder warm an, ich spürte sie deutlich durch den Stoff meiner Jeans.

„Hilf mir noch, Janic in den Wagen zu setzen." Joey nahm ihn unter den Schultern und zerrte ihn zum Vordersitz. Ich öffnete die Wagentür. Janic ließ alles mit sich geschehen, ließ sich von mir anschnallen, während sich Joey hinters Lenkrad setzte. „Es ist nicht mehr weit, du schaffst es", sagte Joey noch einmal, dann fuhr er los.

Ich schaffe es, ich schaffe es, ich weiß, dass ich es schaffe. Immer wieder sagte ich es mir, rannte den Pfad hart am Gebüsch entlang, sprang über querliegende Äste, strauchelte, fing mich wieder, rannte weiter. Ich schaffe es, ich schaffe es, ich schaffe es, das Mantra trieb mich an.

Nach ein paar Minuten tauchte ein alter Schuppen vor mir auf, früher vielleicht einmal eine Scheune, eingefasst von einem verfallenen Gartenzaun. An einem steinernen Pfosten lehnte ein Motorrad, weiter hinten auf der Wiese stand ein alter Schäferwagen. Ein Pferd wieherte, wild und ungebärdig .Hatte Janic den Hengst in den Schuppen gesperrt? Mit Maxi? Ich schob das quietschende Gatter auf.

„Maxi!" Keine Antwort. Klack, Klack, Klack, das Pferd lief

in seinem Gefängnis hin und her, die Hufe dröhnten auf dem Betonboden. „Maxi, komme raus zu mir!" Ich lehnte mich mit der Schulter gegen die Holztür, drückte sie auf, hörte hämisches Gelächter, eine tiefe Stimme grummelte: „Rieche, rieche Menschenfleisch." Der Spruch berührte mich eigenartig. Ein Ritual aus meiner Kindheit, gruselig und schön, nachts, wenn ich im warmen Bett lag, kam mein Vater manchmal ins Zimmer und schnaufte: ‚Ich rieche, rieche Menschenfleisch'. Dann kam er zu mir und gab mir einen Kuss. Aber was sollte hier der Unsinn? Dann plötzlich – ein stechender Schmerz, und hinter mir wieder dieses höhnische Lachen.

„Sie hat Angst, die Kleine", dann Stille. Ein stechender Schmerz, der schnell vorbeiging und dann nur noch Bilder, wie im Film. Welcher Film? Das wusste ich nicht.

Run down

Ich reite auf einem Elefanten, bin der erstgeborene Sohn des Maharadschas, der Elefant schleppt Baumstämme zum Fluss. Wir bauen eine Brücke. Ich gehe als erster über die Brücke ins unbekannte Land, ins ‚Neuland'. Alles ist dort anders als gewohnt, sagt mein Vater, der Maharadscha. Warum? Dort darfst du das Falsche, das alle tun, nicht tun.

Mir ist kalt; die Luft ist stickig, es raschelt, etwas kriecht über mich hinweg, kitzelt mich, Spinnen, schwarze Spinnen, oder Mäuse, das fühle ich, ich will niesen, bäume mich auf, dann ist der Mann mit dem Pulver da. Muss weiter wandern, muss röcheln, muss noch mehr Pulver schnüffeln. Ich atme tief ein und sofort geht der Film weiter.

Ich gehe weiter zu den Höhlen. Gehe da nicht rein, höre ich meine Mutter sagen. Ich gehe hinein, schaue mich um. An der Decke funkeln Sterne, die Planeten leuchten und zeichnen Sternbilder ins Blau. Eines davon fällt herunter, formt sich zu einem Amulett und rutscht in meine Tasche.

Jetzt stehe ich wieder vor einem Fluss. Und wieder gehe ich hinüber in ein anderes Land. Auch dort ist alles anders wie bisher, ganz anders und noch schwerer zu begreifen! Hier muss ich das Falsche tun.

Ich stehe vor einem goldenen Feld. Brennt es? Nein, es sind goldene Ähren, in deren Mitte steht ein Haus. Ich gehe hinein. In der Küche steht meine Mutter am Hackklotz und zerlegt ein großes Stück Fleisch. Sie zerteilt eine Leiche, die Stücke richtet sie kreuzförmig auf dem Boden an. Ich drehe mich um. Doch wie ich mich umdrehe, setzen sich die Teile wieder zusammen, ich erkenne meinen Vetter und mein Vetter wird größer und größer.

Was will das Pferd von mir, es scharrte mit den Hufen, hebt über mir den Vorderhuf, ich sehe das Eisen blitzten. Ich kann mich nicht schützen, meinen Arm nicht heben, er ist steif oder gefesselt. Die Mähne des Hengstes reicht bis zum Boden, streift mich an der Wange, ja, ich bin gefesselt, zerre an meinen Ketten, ich muss hier raus, nur raus. Hämisches Lachen ist die Antwort, ich bin starr vor Angst, alles ist dunkel. Raus hier, bevor ich ersticke.

Weiter gehe ich bis ich zu einem Feuer. Dort sitzt ein Kapuzenmann. Er winkt mich zu sich. Ich folge seiner Aufforderung, setze mich zu ihm. Da holt er Handschellen hervor und fesselt mich. Ha! Darauf habe ich gewartet, mein Leben lang. Er frohlockt. In meiner Tasche vibriert das Amulett. Falsch! Nein! Ich bin die Heldin. Nur ich! Das Amulett verleiht mir Chlorophyllkräfte. Alles wird grün. Ich sprenge meine Ketten, lege die grünen Boxhandschuhe an. Er will mich verletzen, er will mich töten, doch ich trete ihm in die Eier so fest ich kann. Er geht zu Boden und ich komme frei.

„Haha, da liegt die Prinzessin."

Ich betastete meine Arme – eben waren noch Handschellen an meinen Handgelenken, jetzt nicht mehr. Wo sind meine grünen Boxhandschuhe? Auch sie sind fort. Habe ich geträumt oder träume ich noch? Wo bin ich und wie bin ich hierher gekommen?

„Bist du endlich wach, bitch? Tommy, can you hear me? hahaha?"

Wer spricht zu mir – eine rauchige, kratzende Stimme, Gerson ist es nicht, auch nicht Joey, – Janic? Da fällt es mir ein – nicht Janic, den hat Joey aufgelesen, er bringt ihn zum Arzt. Ich habe ihn gesehen, wann war das? Also doch Joey, er wollte mich abholen, bitte, bitte, liebe Unke, lass es Joey sein! Der Kerl packt mich am Arm, schüttelt mich, tut mir weh.

„Wo ist dein alter Cowboy? Rette sich wer kann, hä? – feiges Arschloch. Und du, Prinzessin?"

Das Pferd, ich sollte ein Pferd holen – ich habe es sprechen hören, ich war gefesselt, jetzt sind die Handschellen weg, doch ich bin nicht frei, kann nicht fort, – still! Ich höre es schnauben, mit den Hufen scharren, – es spricht zu mir. Was sagt es? ‚Show your gun'.

„Jetzt habe ich dich, du kleine Ratte, du hast mein Leben vernichtet, hast mich rausgedrängt aus dem warmen Nest, hast mich verpetzt, für mich war kein Platz mehr. Das wirst du mir büßen, Rache ist süß, oder sauer, wie man's nimmt." Und wieder dieses hämische Lachen, merkwürdig vertraut! Tief in mir ist etwas, es antwortet ganz von selbst und mit ihm kommt die schwarze Welle, die Wirbel für Wirbel an mir hochkriecht, die mich lähmt, die mir alle Kraft aus den Gelenken drückt. Das Pferd! Ich kann es riechen, warum seh ich es nicht? Alles ist dunkel, abgrundtief schwarz und dunkel.

„Willst du noch einen Schuss?"

Was für einen Schuss? Ich bin in einer Hütte, oder einem Verschlag, jetzt tanzt ein Sonnenstrahl vor meinen Augen, blendet mich. Eine Taschenlampe zielt direkt ins Auge. „Na also, geht doch! Machen wir weiter! Machen wir dir noch ein bisschen Angst. Wie früher. Was willst du hören? Was willst du wissen? Wo dein schlampiges Flittchen ist? Was für ein schlampiges Flittchen du selbst bist? Hast dich doch gar nicht gewehrt? Haha. Selber nicht in der Lage, ein Kind in die Welt zu setzen, sich bei anderen bedienen. Den Kinderwagen stehlen wie im Märchen von Rumpelstilzchen. Sie hat was Besseres, braucht dich nicht mehr, ist auf dem Weg nach Amiland, wenn sie überlebt hat, da wollte sie doch immer schon hin. Muss sie auch – wenn rauskommt, dass sie den dappeligen Reiter umgebracht hat, den Draht gespannt hat, das Flittchen! Meinte wohl, sie erbt! Hat sie sich getäuscht, die kleine Maus. Hat ihr der verfickte Cowboy eingeredet, dass der Reiter plumps macht, sich den Hals bricht und der Cowboy hat die Ranch. Dumm gelaufen. Shit happens, so ist das eben. Ja, halt dir nur die die Ohren zu!"

Das Pferd wiehert, scharrt, Funken stieben, eine Schaumflocke segelt auf mich nieder. Die Umrisse eines Stuhls, eines Heuhaufens, und eine Gestalt. Das ist er. Größer als ich ihn in Erinnerung hatte, und stärker. Und ich? Wehrlos, ohne Boxhandschuhe; die alles zerfressende Wut klumpt sich zu einem explosiven Ball in meiner Brust.

„Erkennst du mich jetzt? Haha, wie du zitterst. Wusste doch, dass dir meine kleinen Nachrichten Spaß machen. Wunderbar, wie einfach man Macht über Prinzessinnen erlangen kann. Wie klein du auf einmal bist. Habe mich immer schon an deiner lächerlichen Angst gefreut! Hat mich richtig gelabt, hat mir einen Steifen verschafft. Wie jetzt auch wieder. Willst du mal? Hmmm, lecker! Hast du Angst vor mir, Liebchen? Ach wo, du liebst mich doch!"

Ich fühle, wie mich die Angst annagt, eine schwarze, kalte Ratte. Ich atme flach, wie betäubt. Bleibe trotzdem ruhig, macht nichts, soll er denken, was er will. Ich umfasse mein Amulett in der Hosentasche, der blöde Kerl hat es mir nicht abgenommen, murmele, show your gun. Spreche mit dem Pferd, nur mit dem Pferd. Ohne Worte, wir verstehen uns in Gedanken. Der Hengst steht hinter mir. Show your gun. Ich bücke mich, stöhne, krümme mich zusammen, soll er denken, ich verrecke. Er lacht. „So habe ich mir das vorgestellt. So wollte ich dich sehen im Dreck, die Prinzessin vor mir ein einziger Dreck. Wimmernd, flehend, richtig, richtig fertig. Vielleicht lernst du jetzt, was Respekt heißt." Er fummelt an seinem Gürtel herum.

Und da schneidet die Erkenntnis wie ein scharfes Messer durch mein Gehirn, der Blitz hinterlässt einen Schmerz, verwischt alle Bilder. Ich will etwas sagen, doch die Wörter formen sich nicht auf meiner Zunge, „Janic", presse ich heraus, vielleicht denke ich es auch nur, obwohl ich doch weiß, dass ihn Joey ihn mitgenommen hat. Er ist es nicht. Mich schaudert. Vor der Wahrheit schaudert mir.

Der Hengst fühlt meine Angst, den roten Ball in meiner

Brust. Der Hengst legt die Ohren an, zeigt das Weiße in seinen Augen. Show your gun dringt es in mein Hirn.

Ich bündele meine Kraft, ziehe alles auf einen Punkt in meiner Mitte zusammen, ich bin bereit zu allem, schnelle vorwärts, stürze auf ihn, in diesem Augenblick steigt der Hengst, steht steil aufgerichtet auf der Hinterhand, hier in dem Verschlag, droht mit den Vorderhufen, trifft den Peiniger am Kopf. Er stürzt, schreit vor Schmerz auf. „Halte das Pferd, du Schlampe", presst er heraus, er röchelt, schnauft, knickt in den Knien ein, dann nichts mehr. Liegt auf dem Boden, krümmt sich vor Schmerzen. Ich schlinge den Führstrick um Shoguns Hals, kralle mich in seine Mähne, und schwinge mich auf seinen Rücken. Er ist kleiner als AP, vielleicht hat er sich kleiner gemacht, wie Fury nieder gekniet, wenn Joey aufsitzen will, ich komme leicht hinauf. Er weiß genau, was als nächstes kommt, will los; doch halt.

„Maxi", rufe ich, „komm!" Und auf einmal steht sie neben mir, ich beuge mich hinunter, gebe ihr die Hand, ziehe sie hinauf, hinter mich auf den Pferderücken. Halte dich an mir fest, sage ich. Ich lehne mich nach vorne, schon drängt er durch die Scheunentür. Ich sitze auf seinem Rücken ohne Sattel, ich fühle wie Maxi sich an mir festklammert, ich bin leicht und biegsam, spüre die Flanken des Hengsts warm an meinen Schenkeln. Vielleicht ist es das Pulver, das ich im Traum eingesogen habe – oder war es gar kein Traum? Ich will es nicht wissen, nicht jetzt. Zu groß das Glück, hinter mir Maxi und wir beide auf Shogun. Draußen fällt er in Galopp, stürmt auf den Pfad. Aber wohin? Es ist die falsche Richtung! Ich strecke meine Beine aus, drücke die

Knie durch, und denke STOPP! Nur STOPP denke ich, ich tue nichts, bleibe einfach sitzen. Er steht; zurück, fliegt es mir durch den Kopf, schon dreht er sich um und galoppiert in seiner eigenen Spur, an dem Schuppen vorbei, dann den Weg hinunter. Ich lehne mich vor, kralle mich in seiner Mähne fest, lasse mich tragen, ich bin die Windsbraut, ich atme mit dem Wind, wenn ich will, könnte ich fliegen, doch fliegen wir nicht schon? Shogun prustet vor Freude, seine gleichmäßigen Bewegungen machen es mir leicht, mitzugehen. Run down, das ist der Run down, geht es mir durch den Kopf, und irgendwann kommt der Stopp.

Ich kann nicht mehr, kein Gummi in den Knochen, bekomme kaum noch Luft. Shogun merkt mein Zögern, wird langsamer, ich kann mich nicht mehr halten, lasse los, rutsche von seinem Rücken, falle. „Whoa!" Wer hat gerufen? Ich doch nicht? Mühsam rappele ich mich auf, hebe den Kopf, blinzele, kann nicht aufstehen, so schwindelig ist es mir. Es ist, als ob ich aus einem tiefen Rausch aufgewacht sei, was ist geschehen, woher kommt das schwarze Pferd, das jetzt seine Nase zu mir herunterstreckt? Maxi, wo bist du? Ich taste hinter mich, aber hinter mir ist niemand. Die Augen schließen, für eine kleine Weile nur, das Pferd läuft nicht weg, es versteht mich.

„Wer hat gesagt, dass du reiten sollst?" Joey griff mir unter die Arme und half mir auf.

„Shogun, wo ist er?", fragte ich. „Gerade eben war er noch da."

„Du bist abgestiegen, Cindu hat ihn in den Stall gebracht."

Joey wollte nett sein. Abgestiegen? Alle meine Knochen schmerzten, wie nach einem Sturz. Ich rieb mir die brennende Stirn. „Ich bin geritten, ja, aber frag mich nicht wie. Und Maxi saß hinter mir. Ich glaube, es ging nicht anders. Wir mussten weg. So schnell wie möglich."

Joey sah mich stirnrunzelnd an. „Zu zweit auf dem Hengst?"

„Ja. Und dann kam der Roll-Back. Alles wieder rückwärts bevor es richtig los ging."

„Was?"

„Wir mussten weg. Im Schuppen war jemand, ein Wüterich."

„Was ist passiert?"

„Der Kerl wollte mich umbringen, Shogun ist gestiegen, dort im Schuppen, hat ihn am Kopf getroffen, es war Notwehr, Joey."

Joey zog sein Handy heraus und wählte die Notfallnummer, sprach ein paar Sätze, gab Koordinaten durch. Dann sagte er:

„Bist du sicher, dass mit dir alles in Ordnung ist?"

„Ich glaube, es ist das Pulver."

„Was für Pulver?"

„Er hat mir den Kopf nach unten gedrückt und ich musste es einatmen."

„Shit!", entfuhr es Joey.

„Aber ich bin doch geritten?"

„Du warst unter Drogen, und du bist geritten! Maxi war nicht dabei, sie ist abgehauen."

Plötzlich fing ich an zu zittern, mir war mir kalt, obwohl die Sonne schien, der Boden schwankte unter meinen Füssen, Joey fasste mich mit beiden Händen an der Schulter, schüttelte mich.

„Lass mich los, ich muss zu Maxi, sie braucht mich!", flüsterte ich, dann knickten meine Knie ein und ich sank zu Boden.

Sliding stop

Sliding stop, dachte ich noch, dann wurde es schwarz um mich herum.

Wie ich in mein Bett kam, wusste ich nicht. Irgendwann weckte mich freudiges Bellen, Nemo sprang winselnd auf die Bettdecke und leckte mir die Hände. Ich versuchte mich zu erinnern, wann ich mich hingelegt hatte; allmählich kam die Erinnerung zurück. Die Bilder von dem mörderischen Rollback, vom Ritt der Windsbraut, wie wir aus dem Schuppen ausgebrochen waren, wie ich Maxi zu mir hinaufgezogen, wie uns Shogun auf seinem Rücken in Sicherheit gebracht hatte. Joey hatte mich gefunden, wie wusste ich nicht, nur dass es später Nachmittag oder Abend war und der Käpt'n war seither nicht von meiner Seite gewichen. Und jetzt war es 11 Uhr.

Langsam stand ich auf, tappte ins Badezimmer, spritzte mir kaltes Wasser ins Gesicht, vergewisserte mich im Spiegel, ob ich immer noch so aussah, wie ich mich in Erinnerung hatte. Alles stimmte, bis auf dieses weiße T-Shirt mit dem giftig grünen Drachen auf der Brust und die orangefarbenen Boxershorts; wie ich in diese Klamotten gekommen war, wusste ich nicht, gestern hatte ich noch meine Cowboyjeans getragen. Nemo sprang an meinen nackten Beinen hoch, ich wehrte ihn ab und ließ ihn in den Garten hinaus. Beim Kaffeekochen versuchte ich Ordnung in meine Gedanken zu bringen; langsam, Schritt für Schritt. Erst mal was Ordentliches anziehen, dann Joey anrufen, dann in den Stall fahren und Maxi suchen, soweit war ich gekommen, als ich wütendes Gebell hörte. Barfuß ging ich zur Tür.

Sie flog auf mich zu, ließ mir kaum Zeit, die Arme auszubreiten, drückte sich an mich. „Vera, muss ich jetzt ins Heim?" Sie wurde von einem Weinkrampf geschüttelt, schniefte.

Der Polizist zog ein Papiertaschentuch aus seiner Jackentasche und gab es ihr.

„Dürfen wir rein kommen?"

Es waren dieselben Beamten, die Maxi vor ein paar Tagen verhört hatten, Schmid und Maurer, alte Bekannte. Maxi sah so aus, als ob sie dringend ein Vollbad brauchte. Ihre Jeans waren über beiden Knien zerlöchert, eindeutig nicht der Mode geschuldet, sie verströmte einen penetranten Schweißgeruch. Sie ließ es zu, dass ich den Arm um ihre Schultern legte; ich machte den beiden ein Zeichen und führte sie ins Wohnzimmer. Maxi ließ sich auf die Couch fallen, es fiel ihr schwer, die Augen offen zu halten. Doch als der Kommissar zu reden anfing, richtete sie sich auf. Sie zitterte, bemühte sich, gerade sitzen zu bleiben, und ich sah die Angst in ihren Augen.

„Wir haben Ihre Pflegetochter auf der Autobahnraststätte kurz vor Weinheim aufgegriffen. Sie wollte nach Frankfurt trampen."

„Sie hatte Hausarrest", ergänzte die Beamtin. Maxi zog mich zu sich herunter und flüsterte mir ins Ohr: „Vera, sag ihnen, dass ich nichts dafür kann! Ich hatte solche Angst, dass er mich umbringt, ich musste nur raus aus dem Schuppen und weg! Ich wollte nicht abhauen. Bestimmt nicht!"

Die beiden beobachteten uns, warteten auf eine Antwort. Ich wusste nicht, von wem Maxi sprach, von Janic jedenfalls nicht. Mir war übel und ich fröstelte. „Ich schlage vor, ich mache uns erst mal einen Kaffee. Und dann würde ich gerne die ganze Story hören", sagte ich.

Den Kaffee nahmen sie gerne, allerdings im Stehen; aber statt mir die Geschichte aus ihrer Sicht zu erzählen, fragten sie mir Löcher in den Bauch. Ich zählte immer noch zum Kreis der Tatverdächtigen.

Maxi saß mit angezogenen Knien auf dem Sofa und sah mich flehend an, als ob sie mich daran hindern wollte, etwas Falsches zu sagen oder überhaupt etwas. Sie will ihn immer noch decken, flog es mir durch den Kopf. Oder ging es ihr um Perle? Es war einerlei, jetzt musste ich alles sagen, was ich wusste, die kleinste Einzelheit, auch wenn sie mir noch so unbedeutend, privat oder peinlich vorkam.

„Ich glaube, dass Maxi von Janic, dem Pferdepfleger, angestiftet wurde, einen Draht über die Koppel zu spannen", sagte ich.

„Heißt sie nicht Schakeline?", fragte die Beamtin; sie sah Maxi so streng an, dass selbst mir der Atem stockte. „Du solltest jetzt besser bei der Wahrheit bleiben", setzte sie hinzu.

Maxi umschloss ihre Knie mit beiden Armen und nuschelte

etwas vor sich hin. „Etwas lauter, wenn's geht!", sagte der Oberkommissar Maurer.

„Maxi, bitte sag jetzt, was wirklich passiert ist", forderte ich sie auf.

Sie stotterte herum, suchte nach einem Anfang, dann fing sie sich:

„Er hat gesagt, wenn Robert nicht mehr da ist, erbt Joey den Hof und ich werde seine Partnerin."

„Was hätte denn dieser Janic davon gehabt?"

„Naja, ich hätte Geld verdient und dann hätte ich ihm was geben können, damit er Perle behalten kann."

„Perle?"

Maxi fing zu schluchzen an.

„Perle ist seine Stute", sagte ich. „Hat er das Geld auch noch für was anderes gebraucht?"

„Meinst du für das Pulver?", fragte Maxi. „Das hat er doch nur bei Lydia abgeholt für diesen Milan, aber erst mal hat er es natürlich bezahlen müssen."

„Was für Pulver?", fragte die Beamtin alarmiert. „Und wer ist Milan?"

Unruhig schaute ich zu Maxi, doch sie sagte:

„Keine Ahnung, ich weiß nur, dass es teuer war und er hatte kein Geld."

Es war, als ob in meinem Kopf ein Lichtschalter angeknipst würde. „Moment mal", sagte ich. „Da fällt mir was ein. Ich habe vor ein paar Tagen eine gebrauchte Spritze oben in der Höhle gefunden und eingesteckt."

„Was haben Sie?", fragte der Beamten. „Sie haben das Ding doch nicht angefasst?"

Ich fühlte mich in meinem knalligen Schlafanzug wie ein Schulmädchen. In meinem eigenen Wohnzimmer völlig fehl am Platz. „Darf ich mir was überziehen?", fragte ich genervt. Erst jetzt schien es den beiden aufzufallen, dass ich nicht gerade gesellschaftsfähig aussah.

„Bitte", sagte der Polizist und machte eine Bewegung mit der Hand. „Wenn es nicht zu lange dauert!"

Wo hatte ich bloß den roten Plastiksack mit der Spritze hingelegt – ins Schlafzimmer bestimmt nicht, oder doch? An einen sicheren Ort jedenfalls, aber wo? Erst mal was anziehen! Neben meinem Bett lag meine verdreckte Jeans, unbrauchbar für einen Auftritt vor Publikum. Schnell schlüpfte ich in meine Jogginghose und warf meine Spirithorse-Jacke über. Jetzt aber die Spritze! Hinter dem kleinen Sessel lag die schmutzige Kapuzenjacke, vielleicht hatte ich den Beutel ja in die Seitentasche vergessen? Fehlanzeige.

„Frau Roth?"

„Komme!" Wo hatte ich die Spritze nur hingelegt! An der Tür hörte ich plötzlich Kratzen und Bellen.

„Wollen Sie nicht Ihren Hund hereinlassen?", fragte der Kommissar.

„Nichts lieber als das!" Ich ging zur Tür.

Nemo trabte zu seiner leeren Leckerlischale, sah mich anklagend an und schnüffelte an meinem Rucksack, der am Garderobenständer lehnte. Das brachte mich auf eine Idee. Bingo! Der Beutel steckte in der Außentasche, ich hatte ihn einfach darin vergessen. Triumphierend hob ich den Beutel hoch.

„Natürlich habe ich die Spritze nicht angefasst", sagte ich

so cool wie möglich. „Und noch was! Diese Kunstpostkarte, die Sie bei meinem Onkel Werner gefunden haben?"

„Ja?"

„So eine Karte habe ich auch in meiner Umzugskiste gefunden, ich dachte immer, sie ist von meinem Kollegen Helmut." Die Beamten machten sich Notizen. „Helmut?" fragte die Kommissarin Schmid. Sie streckte die Hand aus, um mir die Spritze abzunehmen.

„Nicht so wichtig, sie war ja gar nicht von Helmut, meine Karte kam von Patrick!"

„Und wer ist Patrick?"

„Mein Nennvetter Patrick, meine Eltern haben ihn adoptiert, als ich ein Kind war."

„Diese Karte würde ich gerne mal sehen!" Die Aufforderung war unnötig, denn Maxi war schon aufgesprungen und auf dem Weg zur Terrasse. Ich machte dem Kommissar ein Zeichen. „Sie holt nur die Karte."

„Hier ist sie!" Maxi drehte die Karte um und sagte: „Die kommt aus Nürnberg aus dem Museum." Sie hielt der Beamtin die Karte hin. „Soll ich vorlesen, was drauf steht?" Doch die Kommissarin nahm sie ihr aus der Hand, drehte sie um und stieß einen Freudenschrei aus. „Eine Briefmarke! Wunderbar nassklebend."

„Sammeln Sie?", sagte Maxi.

„Nicht direkt", sagte die Beamtin.

„Vera, ist die Karte wirklich von deinem Vetter?" Überrascht schaute ich Maxi an. „Wieso nicht? Er war in Nürnberg in der Ausbildung bei einem Schmied."

„Weil darauf steht: ‚Hallo kleine Ratte, wie geht es dir

mit deinen Gäulen, alles gut? Ist das Leben immer noch ein Ponyhof? Viele Grüße Patrick'. Das klingt doch wirklich nicht nett, oder?"

Bis jetzt hatte ich dem Text etwas Liebevolles abgewinnen können, weil ich im Geist Patricks Stimme hörte, doch so, wie Maxi den Text vorlas, klang er hämisch und sarkastisch. ‚Kleine Ratte' und ‚Gäule', das gab mir zu denken.

„Janic weiß, dass Patrick dein Vetter ist, und dann kamen doch die E-Mails und auch noch dieser Milan?"

„Maxi! Du redest wirres Zeug. Was für E-Mails? Und überhaupt, was weiß denn Janic schon von mir?" Überflüssige Frage, Maxi hatte ihm bestimmt einiges erzählt.

Die beiden Polizisten hörten unserem Gespräch stirnrunzelnd zu. „Moment mal, das geht uns zu schnell! Was für E-Mails?"

„Okay", sagte ich. Die Stunde der Wahrheit, ich war froh, dass ich endlich eine Gelegenheit fand, offen über alles zu reden. Dass Maxi von den Mails wusste, verunsicherte mich, doch jetzt war nicht der Augenblick, nachzuhaken. Ich zog mein Handy hervor. „Ich wusste nicht, was ich davon halten sollte, habe mich erst mal allein damit rumgequält." Ich hielt der Polizistin mein Handy hin. Sie las ein paar Zeilen, stieß einen kurzen Pfiff aus und reichte das Handy an ihren Kollegen weiter.

„Das sind massive Drohungen", sagte der Kommissar. „Wie viele dieser Art haben Sie denn schon bekommen? Jede einzelne reicht schon aus, um den Absender zu belangen. Haben Sie wirklich keine Vermutung, wer sich hinter diesem mysteriösen *alten Bekannten* verbirgt?"

„Es muss jemand sein, der mich gut kennt, das ist das einzige."

„Was könnte er von Ihnen wissen?"

Ich brauchte nicht lange zu überlegen – er hatte in allen seinen Mails darauf angesprochen: „Dass ich Pferde liebe, schon als Kind."

„Warum haben Sie uns die Mails nicht schon früher gezeigt?"

„Keine Ahnung, vielleicht hatte ich Angst mich lächerlich zu machen."

„Überlassen Sie uns das Handy."

Etwas blitzte in meinem Kopf auf – Lydias Handy musste doch auch noch in meiner Jackentasche stecken. „Einen Moment mal, bin gleich wieder da." Und wirklich, ich fand es in der Innentasche meiner Jacke. „Hier, zum Vergleichen. Es gehört einer Pferdebesitzerin in unserem Stall. Sie hatte Kontakt mit Janic, von dem meine Tochter gesprochen hat." Ich gab dem Kommissar Lydias Handy. „Ich habe ihn im Verdacht – die E-Mails, meine ich."

„Name?", sagte er.

„Der Handybesitzerin? Lydia Krall, sie ist Künstlerin, wohnt in Viernheim." Die zwei Polizisten sahen sich mit stillem Einverständnis an: „Wir nehmen es mit. Wenn wir das Material untersucht haben, melden wir uns wieder. Wir haben noch weitere Fragen. Bis dahin bleibt die junge Dame zuhause."

Maxi zog die Brauen zusammen, und ich drohte ihr mit dem Finger. „Es ist ernst. Ich glaube nicht, dass es dir in einem Heim gefallen würde", zischte ich ihr zu.

Ich begleitete sie zur Tür, versprach Maxi nicht aus den

Augen zu lassen und dem Käpt'n zu sagen, dass er auf sie aufpassen sollte, falls ich das Haus einmal verlassen musste. Ich rechnete jeden Augenblick damit, dass die beiden mir weitere unangenehme Fragen stellen würden, doch nichts geschah. Sie stiegen in den Streifenwagen, sahen sich noch einmal um und winkten.

Maxi war auf dem Sofa eingeschlafen. Ich wartete noch ein paar Minuten bis ich sie weckte. „Erst mal unter die Dusche mit dir!" Sie folgte mir ins Badezimmer. „Die Klamotten gleich in die Waschmaschine", sagte ich. „Ich mache uns Frühstück."

Beim Hantieren mit den Tassen und Tellern, dem Mahlen des Kaffees, dem Schneiden des Brotes und während das Rührei in der Pfanne blubberte, versuchte ich aus Maxis Erzählung schlau zu werden. Am meisten verwirrte mich, dass Janic Patrick kannte. Oder vielleicht doch nicht, denn Maxi hatte auch noch einen anderen Namen genannt. Ob sie sich wieder alles Mögliche zusammenphantasiert hatte? Neulich erst hatte sie irgendetwas von ihrem Vater erwähnt. Es war mir genauso wirr vorgekommen wie ihre Aussagen gerade eben. Der Kaffee duftete verführerisch, ich schenkte mir eine Tasse ein, nahm einen Schluck. Das Foto von mir und Patrick, Maxi hatte eine Ähnlichkeit zwischen sich und ihm festgestellt. Später hatte sie angekündigt, dass sie sich auf die Suche nach ihrem Vater machen wollte. Woraus natürlich nichts wurde, wie so vieles, was Maxi vorhatte.

Nach Rosenöl duftend, frisch geduscht, mit nassen Haaren saß sie eine halbe Stunde später bei mir in der Küche; sie verschlang ihr Rührei, ohne eine Bemerkung darüber zu machen, dass Hühner ihre Eier nicht freiwillig hergaben und fragte kauend: „Was wird jetzt aus Perle?" Wahrscheinlich hätte ich an ihrer Stelle auch als erstes nach Perle gefragt, aber ich konnte ihr keine Auskunft geben, weil ich noch nicht mit Joey gesprochen hatte: „Perle bleibt erstmal auf der Koppel, kein Problem. Wenn ich Joey erreiche, frage ich ihn. Janic ist im Krankenhaus, es geht ihm nicht gut."

„Oh Mann, Vera", sagte sie seufzend. „Ich hatte solche Angst. Er wollte mit mir und den Pferden zu seinem Bauwagen. Spazieren gehen, hat er gesagt, aber das war es ja gar nicht. Er hat mich angelogen, er war dort mit einem Mann verabredet. Perle haben wir ja dann gar nicht mitgenommen. Weil Janic Shogun nicht führen konnte, hat er ihn mir an die Hand gegeben. Beim Bauwagen hat der Mann auf uns gewartet, ich habe ihn noch nie gesehen, aber er hat so getan, als ob er mich kennt. Und Janic zu mir: ‚Du suchst doch deinen Vater? Vielleicht ist er dein Vater?'

‚Ist das die Kleine', hat der Typ gesagt und Janic hat mir Shogun aus der Hand genommen und mich zu dem Kerl hingeschoben. „Du musst ein bisschen nett zu ihm sein, so wie du auch zu Joey nett bist, das hat er gern. Dann passiert dir bestimmt nichts." Warum sollte ich nett zu dem Kerl sein? Und dann haben sie Shogun in den engen Schuppen eingesperrt! Kannst du dir vorstellen, wie ich geschrien und getobt habe? Ein Pferd wie Shogun! Der Typ hat Janic angefaucht, Heulsusen kann er nicht leiden, er soll mir einen Klebestreifen aufs Maul kleben. Janic hat sich dann mit dem Kerl gestritten, sie haben gekämpft und der Typ hat ihm eins übergezogen. Ich bin abgehauen, durch den Wald gerannt, ich kenne ja die Gegend. Ich hatte solche Angst, keine Ahnung, was der Kerl von mir wollte. Auf der Landstraße hat mich dann jemand bis zur Autobahn mitgenommen und auf dem Parkplatz abgesetzt. Und jetzt bin ich wieder da."

„Wahnsinn! Ich bin so froh! Wie mutig, dass du abgehauen bist!" Ich nahm ihre Hand, sie ließ sie mir für den Bruchteil einer Sekunde, doch dann sagte sie: „Und du, Vera, wie war's bei dir?"

„Joey und ich und Nemo – wir haben Janic gefunden, er war völlig durch den Wind und hat geblutet. Ich bin allein zum Bauwagen. Der Kerl dort hat mir irgendwas gespritzt und mich zu Shogun in den dunklen Schuppen gesperrt. Ich habe immer gedacht, du bist auch da drin. Was dann passiert ist, weiß ich nicht mehr richtig. Nur dass Shogun bei mir war und mich gerettet hat."

„Wirklich?"

„Ja, erzähl ich dir später." Der Kaffee war kalt. „Ich mach noch mal frischen", sagte Maxi. Ich blieb sitzen und plötzlich fühlte ich mich wieder so wie vor kurzem im Schuppen. Hörte den Mann sprechen: ‚Du kleine Ratte, du hast mein Leben vernichtet' und sein hämisches Lachen. Fühlte die schwarze Welle, wie sie mich Wirbel für Wirbel lähmte. Maxi kam mit der vollen Kanne zurück, stellte sie auf den Tisch, sah mich an. „Vera! Was ist mit dir?" Sie schenkte mir eine frische Tasse Kaffee ein, setzte sich zu mir und umarmte mich. „Es ist derselbe Typ!", flüsterte sie. „Er wollte uns beide, dich und mich, fertigmachen. Aber er hat es nicht geschafft."

Wir blieben eine Weile eng umschlungen sitzen. Ich legte meinen Kopf auf ihre Schulter und sie hielt mich, so wie ich sie immer gehalten hatte. Eine sehr lange Zeit. Und plötzlich hörte ich meinen Onkel Werner sprechen, so als ob er neben mir stünde. „Vera, erkennst du ihn jetzt endlich?"

In diesem Augenblick nahm Maxi ihren Arm von meiner Schulter, schaute mich prüfend an und sagte: „Weißt du eigentlich, dass du mein neues Drachen-T-Shirt anhast?"

„Nein, weiß ich nicht", sagte ich. „Aber wer der Kerl ist, weiß ich."

Im selben Augenblick klopfte es. Maxi sprang zur Tür und zog Joey herein. Er sah mich auf dem Sofa sitzen und sagte statt einer Begrüßung: „Cooles T-Shirt, ich wusste, dass es dir steht!"

Maxi umarmte ihn. „Das Shirt ist von Gerson. Eher was für Kinder, mir gefällt es nicht besonders", sagte sie. Sie zog Joey auf die Couch, warf mir einem Blick zu, der keine Widerrede duldete und sagte: „Ich zuerst!"

Joey nickte und sie sprudelte los.

Als sie mit Erzählen fertig war, ergänzte ich nur noch ein paar Einzelheiten. Patrick, die Mails, der unbekannte Kerl im Schuppen.

„Ihr müsst aufpassen", sagte Joey. „Be on top! Dieser Kerl wird euch nicht so schnell in Ruhe lassen. Und dieser Milan auch nicht. Er ist mit seinen Machtspielchen nicht durchgekommen, das verkraftet er nicht."

„Joey", sagte Maxi und sah ihn bittend an: „Trainierst du mit uns Selbstverteidigung?"

„Super Idee! Ich zeige euch morgen den Tritt ins Zentrum."

„Cool!", sagte Maxi und machte große Augen.

Er kam schon am nächsten Morgen und trainierte mit

uns. Und von da an jeden zweiten Tag. Patrick und Milan liefen frei herum und konnte jederzeit bei uns auftauchen. Wir wappneten uns, wir würden ihnen entgegentreten.

Homeoffice

Seit dem Ritt auf Shogun hatte sich etwas in mir verändert: Langsam wurde ich ruhiger. Ich fürchtete mich nicht mehr. Ich weiß nicht warum, doch mir schien, als ob der *alte Bekannte* merkte, dass er es nicht mehr mit kleinen Ratten und Prinzessinnen zu tun hatte. Dass er fühlte, wie seine Wut und sein Hass ins Leere liefen. Mein Selbstvertrauen wuchs von Tag zu Tag.

Wenn Maxi ihre Hausaufgaben erledigt hatte, die ihr die Klassenlehrerin über einen Link zuschickte, kümmerte sie sich um unser Beet, zupfte Unkraut, mähte den Rasen, pflückte wunderschöne Wiesenblumensträuße und stellte sie in unsere Küche. Nach dem Abendessen, das wir pünktlich um 19 Uhr einnahmen, meistens eine Gemüsesuppe mit einem Stück Vollkornbrot, übten wir noch einmal unsere Selbstverteidigungsgriffe und legten uns gegenseitig aufs Kreuz. Anschließend rollten wir uns auf dem Sofa mit einem Buch zusammen und lasen uns gegenseitig vor.

Unsere Lage hätte schlechter sein können, doch wir hatten ein Problem. Wir konnten nicht in den Stall zum

Reiten. Ich hatte mir vorgenommen, zu Hause zu bleiben, bis Maxis Hausarrest aufgehoben würde und bis Patrick und Milan gefunden würden. Joey ließ uns nicht im Stich. Er versprach, sich um APs Ausbildung zu kümmern. Er wollte ihn schonend anreiten, so wie Onkel Werner es verordnet hatte. Perle dagegen durfte den halben Tag über grasen und dann eine Stunde am Tag im Schulbetrieb mitlaufen. Lydia zeigte sich nur noch selten im Stall. Sie war mit der Vernissage beschäftigt und gab vor, keine Zeit zum Reiten zu haben. Da hatte ich meine Zweifel; sie hatte wohl eingesehen, dass ihre Reitkünste für Shogun nicht ausreichten und überließ seine Ausbildung nun vollständig Joey. Doch sie kam für die Unterbringungskosten auf, zahlte auch den Beritt und ließ Joey völlig freie Hand.

Lydia drängte jetzt auf Abgabe der Geschichte, weil sie ihre Vernissage ankündigen wollte, es war nicht mehr lange bis zur Eröffnung. Glücklicherweise hatte ich mir vor ein paar Tagen, nachdem ich unter dem Apfelbaum eingenickt war, Notizen von meinem Traum gemacht. Es waren nur einzelne Stichworte, doch die hatten es in sich. Damals hatte ich sie nicht verstanden, weil mir der Zusammenhang fehlte und ich nur vage Bilder und Gefühle erahnte; jetzt auf einmal erschloss sich mir die ganze Geschichte und ich brauchte sie nur noch niederzuschreiben. Ob Lydia etwas mit ihr anfangen konnte, stand in den Sternen. Darauf kam es mir gar nicht an. Ich wollte meinen Auftrag erfüllen, so gut ich konnte, selbst wenn ich weder Lob noch Honorar für meine Arbeit bekommen würde. Unter dem Apfelbaum sitzend wie damals, als ich träumte, tippte ich Lydias Geschichte in meinen Laptop.

Der Preis der Schönheit

Auf einem Kometenschweif fliege ich durch das weite, stille Universum. Ich tauche kopfüber hinab ins bewegte Meer und schwimme ans Ufer. Dort steht eine Statue, aus Stein gemeißelt, eine überlebensgroße Muttergöttin, große, dralle Brüste, fleischige Schenkel und sechs Arme, die ihr aus Schultern und Rumpf wachsen. Ich setze mich auf ihren großen Zeh und lasse mich von der Sonne trocknen. Genug geruht, sagt sie, erzähle mir eine Geschichte. Und ich fange an: Es war einmal eine Mutter und ihr Kind. Die gingen in den tiefen, tiefen Wald. Da kam der Wolf und sagte: Frau, gib mir dein Kind, dann will ich dir ewige Schönheit bringen. Geh, Kind, geh hin zum Wolf, sagte die Mutter. Der Wolf packte das Kind und als die Mutter dem Wolf ein Halsband umlegen wollte, riss er sich los und rannte mit dem Kind im Maul zum Feuer. Die Mutter sah das Kind auf dem Rost liegen, der sich wie ein Grill dreht. Als die Flammen hoch schlugen, entbrannte die Mutter in vollendeter Schönheit und verglühte zu Asche.

Ich wollte Maxi den Text nicht zeigen, aber weil sie den ganzen Tag um mich herum war, beäugte sie neugierig alles, was ich tat.

„Woher hast du nur deine Ideen, Vera!", sagte sie.

„Von dir, Maxi." Sie schaute mich nur stirnrunzelnd an und sagte: „Bestimmt nicht!" Das war typisch Maxi, die

Geschichte von dem Meerschweinchen, die sie Gerson erzählt hatte, hatte sie längst wieder vergessen.

„Wie soll die Geschichte ausgehen?", fragte ich sie. „Der Schluss ist ja offen? Das Ende muss doch gut sein, sonst ist es ja nicht das Ende!"

„Finde ich nicht. So schreibt heute keiner mehr. Alles offenlassen, das ist viel cooler." Sie sagte es so dahin, nur um etwas zu sagen, etwas anderes schien ihr wichtiger. „Die Petersilie, die Samen von Lydia, du weißt schon?"

„Ja! Ich habe sie ein paar Mal gewässert und dann vergessen." Mein schlechtes Gewissen stand mir auf der Stirn geschrieben. „Hoffentlich sind sie nicht vertrocknet, es war ziemlich heiß!" Maxi grinste verschmitzt. „Komm mal mit!" Sie führte mich in den Garten. In den letzten Tagen war es schwül und warm gewesen und ich erwartete nichts als trockenes Gras.

„Schau dir das an!"

Ein Beet voller kleiner, zierlicher Pflänzchen mit wunderschönen blauen Blüten. „Sie wachsen noch! Ich habe sie jeden Tag gegossen", sagte Maxi. „Lydia sagt, sie müssen immer schön feucht sein."

Ich brach ein Blatt ab: Schlank, lang an den Rändern gezackt und irrsinnig grün, Petersilie war das bestimmt nicht! „Maxi! Das ist Cannabis! Wir haben eine Marihuanaplantage!"

„Ach so?", sagte sie scheinheilig. „Lydia gefallen die Blüten. Wir können sie trocknen, sagt sie. Auch die Blättchen. Sie hat doch diese leeren Köpfe – da bewahrt sie die getrockneten Blätter auf. Und macht damit Tee. Ich hab auch mal probiert, hat mir nicht so geschmeckt, aber ich musste furchtbar lachen, konnte gar nicht mehr aufhören."

Zum Lachen war mir nicht zumute, doch es zogen Blitze der Erleuchtung durch meinen Kopf. Manchmal war ich ziemlich naiv und sah das Naheliegende nicht. Meine merkwürdigen Zustände! Und meine tollen Ideen unterm Apfelbaum, sie hingen bestimmt auch mit dem grünen Pulver zusammen. Nun denn! So gesehen hatte sich Lydia ihre Geschichte selbst zuzuschreiben! „Und was sollen wir jetzt machen? Das schöne Beet umgraben?", sagte ich.

„Wieso?"

„Weil …", sagte ich, doch statt eines Vortrages über die Gefahren von Hanf gab ich ihr eine Hausaufgabe: „Bei Wikipedia nachschauen: Cannabis-Anbau im Recht. Ich möchte ein Referat von einer Seite und eine mündliche Präsentation!"

„Vera! Ich habe Hausarrest und keine Schule."

„Setz dich an meinen PC – ich muss einen Besuch machen. In einer Stunde bin ich wieder zurück."

Ich sah ein Leuchten in ihren Augen. „An deinen heiligen PC? Cool!" Mein Arbeitszimmer war für Maxi eine No Go-Area. Und mein Laptop mit dem großen externen Bildschirm tabu. Doch im Homeoffice war Flexibilität angesagt, ich musste sie bei Laune halten. Dass sie mit dem PC umgehen konnte, wusste ich schon lange.

„Eine Stunde nur, reicht mir das?", sagte sie.

Käpt'n Nemo bellte zustimmend. Er stellte sich an der Haustür auf, offensichtlich hatte er mich falsch verstanden. „Du bleibst hier, Freundchen", sagte ich.

„Wohin gehst du eigentlich, Vera?"

„Zu Marianne."

„Komm aber bald wieder, allein ist es hier so langweilig."

„Du hast doch Nemo", sagte ich um zu vertuschen, dass ich mich irgendwie geschmeichelt fühlte.

Zehn Minuten später saß ich mit Marianne unter der Linde im Grünen Baum. Sie war die einzige Person, die ich kannte, die mit Onkel Werner enger befreundet gewesen war. „Gut, dass du kommst, Vera, Ich wollte dich gestern besuchen, aber ich hatte deine Adresse nicht."

Also tauschten wir erst einmal unsere Mobilnummern aus, dann brachte sie mir einen Cappuccino und setzte sich zu mir. „Kurz bevor der Unfall passiert ist, hat mir Werner einen Brief für dich gegeben. Er war in einer melancholischen Stimmung an dem Tag, sein Knie hat ihn geplagt, naja du weißt schon. Du bist seine einzige Verwandte, er wollte dich nicht mit seinen Sorgen belasten, deshalb hat er ein paar Dinge für dich aufgeschrieben. ‚Für den Fall, dass was passiert', hat er gesagt. Ich habe gedacht, dass es sich um eine Patientenverfügung oder sowas handelt, er hat immer davon geredet, dass er nicht auf einer Intensivstation sterben will."

Sie gab mir ein Kuvert, beschriftet mit meinem Namen und meiner neuen Adresse. Ich steckte es ungeöffnet ein. „Warum hat er mir den Brief nicht selbst gegeben?"

„Als ihr euch das erste Mal getroffen habt ...", sagte sie, und ich fiel ihr ins Wort: „Da hat er meinen kleinen AP beschlagen und irgendetwas hat ihn beunruhigt, richtig?"

„Genau! Etwas machte ihm Sorgen. Er wollte dich nicht ängstigen, deshalb."

„Die Polizei hat seinen Fall an die Kripo weitergegeben", sagte ich. „Der Arzt konnte keine Anzeichen für einen natürlichen Tod feststellen."

„Wie auch? Er war topfit", sagte Marianne. „Hätte er sonst jeden Abend seine Viertele bei mir trinken können? Und seine Stegreifgedichte im Zehntkeller am Matthaise-Markt zum Besten gegeben? Er hat den Saal gerockt. Da brauchte er allerdings mindestens zehn intus."

„Ach du meine Güte! Und wie ist er wieder nach Hause gekommen?"

„Werner? Der konnte in jedem Zustand Auto fahren. Er ist dann auf Schleichwegen in seinen Wingert gefahren und hat in der Hütte übernachtet."

An die Hütte konnte ich mich gut erinnern. Patrick hatte mich einmal dorthin mitgenommen. Es muss kurz vor seinem Verschwinden gewesen sein. Die Hütte gefiel mir, weil sie mich an Pippi Langstrumpfs Häuschen erinnerte. Über und über mit wildem Wein bewachsen, die Tür ging kaum auf; ein einziger dunkler Raum, spärlich möbliert, nur das nötigste. Ein altes Kunstledersofa, ausklappbar, ein Tisch, Wasserstein und Küchenregal auf dem ein paar Gläser und Becher standen, mehr nicht. Wir waren den steilen Weg zu Strahlenburg hochgefahren und dann irgendwo rechterhand in die Weinberge abgebogen. „Gibt es die Hütte noch?", fragte ich.

Marianne sah vor sich auf den Tisch. „Ja", sagte sie und lächelte.

Wir redeten noch ein bisschen über dies und das, bis Marianne zu einem Gast gerufen wurde. „Ich muss arbeiten!", sagte sie. „Melde dich, wenn du Näheres weißt!"

„Stör mich nicht", sagte Maxi. Ich war länger als eine Stunde weggewesen, doch sie schien mich nicht vermisst zu haben. „Spannend, dieses Wikipedia! Muss alles noch zusammenschreiben und ausdrucken, bin fast fertig."

Sollte man mal in der Schule einführen, Homeoffice, dachte ich. Ich verzog mich ins Wohnzimmer mit einer Tasse Tee und zog Onkel Werners Brief hervor.

Erläuterung zum Testament, hinterlegt beim Notariat Weinheim. Vera Roth ist meine einzige Verwandte und meine Erbin. Nach meinen Ableben soll sie meine Urne in Empfang nehmen und meine Asche vor meiner Hütte verstreuen. Das ist mein letzter Wunsch.

Onkel Werner hatte mit seinem alten Füller geschrieben, in seiner steilen, großen Schrift. Ich stellte ihn mir vor, wie er am Tisch in der Hütte saß, den Füller in seiner Schmiedepranke, Buchstabe für Buchstabe aufs Papier setzend. Ich faltete den Brief zusammen, legte ihn auf meinen Schreibtisch, war gerührt und ratlos:

‚Wie soll ich die Hütte finden, Onkel? Gib mir einen Tipp!' Marianne, schoss es mir durch den Kopf, natürlich, danke! Ich steckte den Brief in den Umschlag zurück. ‚Keine Sentimentalitäten mehr, als fort, weiter!' Ich hörte ihn, als ob er neben mir stünde. Als fort, weiter, sein Spruch beim Beschlagen, nach einer kleinen Pause, wenn ich den nächsten Huf aufnehmen sollte. Ich wischte mir eine Träne aus dem Augenwinkel. Irgendwie war es schön, dass ich meinem Onkel diesen letzten Dienst erweisen durfte. Ach Onkel Werner, seufzte ich und hörte ihn sofort wieder rufen: ‚Als fort, weiter!'

Maxi saß noch immer vor ihrer Hausaufgabe. Sie hatte in der Schule oft Schwierigkeiten, doch mit PC-Arbeit kannte sie sich aus; während des Hausarrests hatte sie übers Handy mit ihrer Klassenlehrerin Kontakt und lieferte regelmäßig ihre Hausaufgaben ab. Es war das Lesen, das ihr schwerfiel. Lange Texte waren nicht ihre Stärke, sie wurde ungeduldig, gab schnell auf, wenn sie etwas nicht verstand. Beim Reiten war es etwas anderes, da blieb sie dabei, bis sie eine Übung beherrschte.

„Lass dir Zeit", sagte ich. Mir war es recht, ich musste heute nicht an den PC und wenn doch, dann würde ich meinen Laptop nehmen. Ich wollte mir das Märchen für Lydia noch einmal ansehen, es Wort für Wort auf dem Papierausdruck durchlesen.

Kaum saß ich mit dem Text auf dem Sofa, schreckte mich der Anruf der Kripo auf. Ich kannte den Kommissar nicht, wir hatten noch nie miteinander gesprochen, doch er war bestens über meine Familienverhältnisse und die Ereignisse der vergangenen Tage informiert. Er kam gleich zur Sache: „Ihr Onkel ist keines natürlichen Todes gestorben, so viel ist jetzt sicher. Die Leiche zeigt Spuren äußerlicher Gewaltanwendung, ein Huftritt scheidet jedoch aus. Es war keine Obduktion notwendig, weil die äußerlichen körperlichen Merkmale ausreichten. Die Leiche ist von der Gerichtsmedizin freigegeben worden. Sie soll doch verbrannt werden? Anschließend dürfen Sie ein Bestattungsinstitut bestellen."

„Aber nein, das brauchen wir nicht! Mein Onkel wollte, dass ich die Asche vor seiner Hütte verstreue, ich hole die Urne gerne selbst ab."

„Das geht nicht, da machen Sie sich strafbar!"

„Aber wenn es doch sein letzter Wille ist, das bin ich ihm schuldig!"

„Mag ja sein, doch ich muss Sie darauf hinweisen, dass das Verstreuen der Asche in Baden-Württemberg verboten ist. Tut mir leid. Sie müssen einen Bestatter beauftragen, der die Urne beerdigt."

Ich schwieg eine ganze Weile, bis der Beamte sagte: „Frau Roth, da ist noch etwas, wir brauchen Ihre Mithilfe, Sie müssen morgen oder übermorgen aufs Präsidium kommen. Wir melden uns!"

„Ich werde Ihnen keine große Hilfe sein", wollte ich sagen, doch der Beamte hatte schon aufgelegt.

„Fertig!" Maxi stürmte das Wohnzimmer und schwenkte ein Blatt Papier. „Willst du's lesen oder soll ich es dir zusammenfassen?"

„Bitte", sagte ich, noch ganz in Gedanken bei der Kriponachricht.

„Was jetzt?"

„Zusammenfassen!"

„Also: Erst mal Entwarnung! Wir müssen nicht mit einer Razzia rechnen, weil nichts gegen uns vorliegt."

„Klingt beruhigend", sagte ich, aber überzeugt war ich nicht.

„Du willst das Zeug doch nicht verkaufen? Und die Pflanzen sind ja nicht hoch. Wenn sie nämlich über 10 cm oder so gewachsen wären, dann wäre es etwas anderes."

„Ich wollte Petersilie säen, nicht Cannabis ernten", sagte ich.

„Siehst du! Und wenn doch was kommt, dann wird das

Verfahren bestimmt wegen Geringfügigkeit eingestellt." Sie hatte sich wirklich gründlich informiert!

Maxi ließ sich neben mich aufs Sofa fallen. „Puff, war das anstrengend! Aber richtig spannend. Ich liebe Homeoffice!"

Sie griff zu dem Papierausdruck des Märchens für Lydia, der neben mir auf dem Sofa lag. Schaute auf den letzten Satz und sagte: „Kannst du so lassen. Alles andere wird sich zeigen." Maxis Antwort klang beinah philosophisch. Aber was genau würde sich zeigen? Wie sich Lydia zu der Geschichte stellen würde? Oder ob sie mir ein Honorar überweisen würde? Nein, es war mir wirklich egal, sollte kommen, was wollte. Schluss jetzt! Ich wollte der ganzen Geschichte ein Ende machen. Sofort! Ich setzte mich an meinen PC, schrieb einen kurzen Begleitbrief, und schickte ihn mit der angehängten Geschichte ab.

Werners Testament

Am nächsten Morgen warteten wir zwei Stunden auf unseren Fitnesstrainer. Statt Schlag elf kam er Schlag Dreizehn, gerade als Maxi ihre wunderbaren Spaghetti gezaubert hatte. Tomatensoße mit viel Basilikum, das in einem Blumentopf auf der Terrasse wucherte und mit Paprikastreifen. Fast glaubte ich an Absicht, denn er kannte unsere Essenszeiten, die auch Maxi seit neustem streng einhielt. „Setzt euch!", sagte Maxi. Nemo bellte freudig, weil er wusste, dass ihm Joey immer etwas von seinem Teller abgab, wenn er sich mindestens drei tiefe Falten auf die Stirn legte.

Ich rückte den dritten Stuhl an den Küchentisch, legte noch ein Gedeck auf – stilvoll mit Serviette, Messer und Gabel und einem kleinen Löffel für den Nachtisch, verschwand schnell im Garten und dekorierte das Ganze mit drei grünen, zierlichen Pflänzchen, die Joey anerkennend in die Höhe hob, bevor er ein Blättchen zwischen Daumen und Zeigefinger zerrieb und daran roch. „Nice", sagte er. „Very nice."

Maxi fuchtelte aufgeregt mit der Nudelzange in der Luft

herum, was so viel bedeutete, wie: ‚Haltet mir eure Teller hin'. Sie hatte die Sauce schon mit den Nudeln vermischt, häufte unsre Teller voll. „Den Salat essen wir hinterher, wenn wieder Platz ist."

Joey nahm sich nicht viel Zeit. Noch kauend fing er an zu erzählen. „Ich war bei Janic, er wollte mich unbedingt sprechen. Ich bekam einen Anruf von der Anstalt und eine Besuchserlaubnis. Es geht ihm den Umständen entsprechend schlecht. Er wollte was loswerden, deshalb hat er mich kommen lassen. Er war ansprechbar und konnte sich an alles erinnern."

Mit einem Mal war mein Appetit verflogen. Ich legte die Gabel hin. „Weiß er, wo Patrick ist?", fragte ich gespannt.

„Er kennt keinen Patrick", sagte Maxi.

„Richtig, das hast du ja schon mal gesagt. Passt auf: Janic hat zugegeben, dass er uns absichtlich in den Graben gedrängt hat. Ein Drogendealer namens Milan hat alle möglichen Dienstleistungen von ihm verlangt, echt: Janic hat wirklich *Dienstleistungen* gesagt. Dieser Milan wollte unbedingt verhindern, dass AP auf die Ranch kommt, oder auch dass du, Vera, auf die Ranch kommst. Janic hat keine Ahnung, woher er von dem Verkauf wusste, vielleicht von Lydia, mit der war dieser Milan auch ein paar Mal im Geschäft. Jedenfalls ist die Polizei hinter die doppelten Nummernschilder gekommen, es lagen gleich zwei Anzeigen vor. Janic sieht sich jetzt als Opfer, Milan hätte ihn erpresst, behauptet er, weil er, Janic, dringend Geld brauchte."

„Der Typ ist mir von Anfang an unsympathisch gewesen."

„Wer jetzt?" Maxi verschränkte die Arme vor der Brust

und sah mich mit zusammengekniffenen Augen an. ‚If looks could kill ...', dachte ich. Plötzlich hämmerte es in meinem Kopf: Onkel Werners Brief, irgendwas war da noch, aber was? und ich fragte: „Dieser Milan, wie heißt er eigentlich mit Nachnamen?"

„Keine Ahnung, Janic hat immer nur von Milan gesprochen."

„Hat Janic zugegeben, dass er uns die anonymen Mails geschickt hat?"

„Natürlich nicht! Sein Handy wäre zu sowas gar nicht in der Lage, hat er gesagt. Und überhaupt, er hätte solche Mails gar nicht schreiben können. Er war viel zu oft zugedröhnt und seine Rechtschreibung – naja, und dann ist die Tastatur viel zu klein für seine klobigen Finger."

„Deshalb konnte er ja auch nicht reiten", sagte Maxi voller Mitleid. Und war bei ihrem Lieblingsthema angelangt: „Perle, wie geht es ihr, Joey? Klappt das wirklich im Schulbetrieb? Wann darf ich sie endlich wieder reiten?"

Ich legte meinen Zeigefinger vor die Lippen. Joey deutete mein Zeichen richtig, und berichtete schnell weiter. „Janic muss noch eine Weile auf Entzug bleiben. Danach kommt die Gerichtsverhandlung. Fahrerflucht ist das Mindeste, was sie ihm anlasten können. Totschlag, versuchter Mord, alles ist drin."

Maxi sah leichenblass aus. „Perle bleibt doch bei dir?", sagte sie. „Joey, bitte, versprich es mir."

Joey schwieg. Ich wusste nur zu gut, was ihn bewegte. „Ich muss auch noch Shogun durchfüttern", murmelte er. „Und zwei Pferde zusätzlich ..."

Maxi fasste mich flehend am Arm. „Vera, sag du ihm, dass er ... oder dass wir ..."

„Joey ist noch nicht fertig mit seinem Bericht, oder?", sagte ich und streifte ihre Hand ab.

„Genau, da war noch was. Janic hat mir von einer Hütte in den Weinbergen erzählt, über und über mit wildem Wein bewachsen, vom Feldweg nicht einsehbar."

„Eine Hütte?" Mich erfasste eine merkwürdige Unruhe, so als ob ich etwas Wichtiges vergessen hätte. Als Kind hatte ich mir oft durch Flüchtigkeitsfehler die Note versaut, ich hatte die Matheaufgabe nicht noch einmal in Ruhe durchgelesen, weil ich so froh war, endlich fertig zu sein. ‚Du bist immer so schnell', hörte ich Stimmen aus der Vergangenheit.

„Wartet mal, ich bin gleich wieder zurück." In meinem Arbeitszimmer lag Werners Umschlag auf dem Schreibtisch, ich hatte ihn noch nicht in den Ordner ‚Wichtige Dokumente' abgeheftet. Diese Schlampigkeit, war es das, was mich beunruhigte? Was, wenn sich Nemo den Brief gekrallt hätte? Ich nahm mir den Schrieb noch einmal vor, fühlte mich traurig, weil wir Werners letzten Wunsch nicht erfüllen durften und nahm mir vor, eine schöne Trauerfeier für ihn zu organisieren. Dann las ich den Brief noch einmal Wort für Wort bis zum Schluss. Und richtig: Etwas war mir entgangen, Unten auf der Seite hatte Onkel Werner ein PS hinzugefügt: „Dein Vetter Patrick hieß mit richtigem Namen Milan Stasch."

Ich ließ mich für einen Augenblick auf meinen Schreibtischstuhl fallen. Wusste nicht, was ich denken sollte. Es kam mir wie ein zweiter Betrug vor. Zuerst war Patrick gar nicht mein richtiger Vetter und nun hatte er auch noch einen anderen Namen. Von der Küche hörte ich Joey nach mir rufen. Ich stand auf und ging zu den beiden und zeigte ihnen den Brief. „Hört mal, was Onkel Werner schreibt!"

Ich las Wort für Wort vor.

Maxi hatte still und gespannt zugehört. Auf einmal sprang sie auf. „Wenn dieser Patrick Milan Stasch heißt, dann ist er bestimmt nicht mein Vater!", sagte sie. Sie stand da, mit geballten Fäusten und Tränen in den Augen.

Joey sah sie verwundert an. „Hey Kleine, was ist los?"

Sie antwortete nicht, auch ich sagte nichts, wartete, bis sie sich ein bisschen beruhigt hatte. „Hätte ja sein können, auf deinem Foto von Patrick, da hat er mir doch ähnlich gesehen. Aber der Kerl, also dieser Milan, er war es in dem Schuppen, wo er mich eingesperrt hat, das war mein Vater garantiert nicht!"

„Woher weißt du das so genau?", sagte Joey.

Er will etwas aus ihr herauslocken, das sie nicht preisgeben will, dachte ich.

Maxi sah blass aus, schnaufte. Sie wird nichts sagen, aber irgendwas ist vorgefallen in der Hütte, irgendwas Schlimmes. Sie setzte sich wieder an den Tisch und stützte das Gesicht in die Hände. Nemo kam winselnd zu ihr, sprang an ihr hoch und sie nahm ihn auf den Schoß. Kraulte ihn hinter den Ohren, fast konnte ich ihn schnurren hören. „Also, es war so", sagte sie leise. „Da in der Hütte, ich saß auf dem Boden, er kam her und auf einmal hat er ausgeschachtet."

Im ersten Moment verstand ich sie nicht. „Was? Der Hengst?"

Sie fing zu schluchzen an. „Dieser Patrick-Milan, oder wie er heißt. Er hat an seiner Hose rumgefummelt und sein Ding rausgeholt. Und es mir in den Mund gesteckt."

Ich saß da wie vom Donner gerührt.

„Ich hab zugebissen, so fest ich konnte und er hat aufgejault und sein Ding rausgezogen." Nemo sprang wuffend von ihrem Schoß.

Ich ging zu ihr und nahm sie in den Arm. Wir saßen eine Weile schweigend. Ich streichelte ihr übers Haar, fühlte mich beklommen, wie gelähmt. Für einen Moment schloss ich die Augen, und sofort stürmten lang verdrängte Bilder auf mich ein. Brandgeruch, Asche auf meiner Haut, um mich herum Dunkelheit, das Gefühl der Enge und auf einmal wusste ich: Er hatte mich eingesperrt in die Räucherkammer bei der Großmutter, mich dort alleine gelassen, nachdem er … ich musste würgen. Schlug die Augen auf und sagte: „Er hat es auch mit mir gemacht. Als ich klein war."

Maxi schluchzte auf. Wir hielten uns, schwiegen. Bis Maxi sagte: „Er wollte sich an deinen Eltern rächen und an dir und hat mir Gewalt angetan. Aber wir beide sind stärker, Vera. Wir sind hinter seine Schandtaten gekommen. Wir bleiben zusammen."

Maxis Worte brachten mich wieder ins Hier und Jetzt zurück. „Wir müssen ihn der Polizei melden. Sie müssen ihn finden und verurteilen."

„Dann lass uns gehen", sagte Maxi. „Wir beide. Ich komme mit."

Joey hatte uns schweigend zugehört; obwohl er mit seiner Frage den Anlass zu unseren Bekenntnissen gegeben hatte, schien ihm unsere plötzliche Gefühlsaufwallung irgendwie peinlich zu sein. „Ich wollte da mal vorbeigehen", sagte er unvermittelt und ein bisschen unbeholfen. „Janic hat mir den Weg beschrieben."

„In die Hütte?", fragte ich alarmiert. „Aber nicht allein! Nur mit der Polizei."

Noch am selben Nachmittag zeigten wir Milan Stasch an wegen schweren sexuellen Missbrauchs.

Navajo Pad

Abends fuhr ich meinen PC doch noch einmal hoch und entdeckte eine Mail von Lydia. Mein Herz klopfte bis zum Hals. So cool wie beim Abschicken der Geschichte war ich nicht mehr; doch ich wusste: Was auch immer sie mir schrieb, ich würde zu meinem Text stehen. Es gab nichts zu entschuldigen, nichts zurückzunehmen.

Hatte sie sich einen Scherz erlaubt? Oder war es eine besonders fiese Nachricht des ‚alten Bekannten'? Es fing schon mit dem Betreff an: „Dank!" Dank von Lydia? – Niemals! Und dann die Anrede ‚Liebe Vera', wie in einem guten alten Brief, kein schlappiges Hallo, kein aufgekratztes Hi Vera, oder Hey ohne Namen. Und was dann kam war noch schöner:

„Bitte schicke mir deine Kontonummer und eine Rechnung. Wir haben noch nicht über dein Honorar gesprochen, wären 500 Euro genug? Ich bin bereit, alles zu zahlen, was du brauchst. Du hast mir mit der Geschichte eine große Freude gemacht. Ich muss gestehen, ich habe etwas völlig anderes erwartet, viel konventioneller, langweiliger. Die Geschichte hat viel in mir ausgelöst, darüber würde ich gerne mit dir sprechen. Doch *zuerst was anderes. Die Vernissage wird nicht stattfinden. Bei mir hat eine Razzia stattgefunden und die Polizei hat eine Ladung Marihuana beschlagnahmt. Der gute Stoff, von dem du auch (unfreiwillig) gekostet hast.. (haha!) Janic hat mich verpfiffen. Ich hoffe mit einer Geldstrafe davon zu kommen. Ich erwarte deinen Besuch um alles Weitere zu besprechen! In Dankbarkeit Lydia."*

Wie hatte ich mich so in dieser Frau täuschen können? Oder lag es daran, dass ich kein Zutrauen zu meinem Schreiben gehabt, nicht geglaubt hatte, welche Kraft in meinem Text lag, den ich aus ungeahnter Tiefe schöpfte, aus reiner Einfühlung und – naja – mit der Hilfe der Einflüsterungen des Apfelbaums in der Mittagshitze, dem Wind, der in den grünen Pflänzchen spielte?

Ich schickte ihr meine Kontonummer und kündigte meinen Anruf an, sobald ich wieder mehr Zeit hatte.

Ich kam nicht dazu Lydia ausführlich zu antworten, weil mich die Kripo für den nächsten Tag aufs Präsidium nach Heppenheim bestellte.

Ich erfuhr, dass Onkel Werner von zwei Hammerschlägen auf den Kopf getötet worden war. Und war irgendwie erleichtert, dass ihn AP nicht umgebracht hatte. Die DNA Spuren, die sich am Hammergriff befanden und die Spuren an der Spritze aus der Höhle waren identisch. Sie stammten von dem polizeilich bekannten Drogendealer Milan Stasch. Er war immer noch flüchtig, die Suche nach ihm war bisher ergebnislos verlaufen.

Der Beamte fragte mich nach Joey. „Auf dem Handy von

Lydia Krall fanden wir eine anonyme Mail, die sie an jemand namens Joey weitergeleitet hat. Ein alter Bekannter, hieß der Absender."

„Mein Reitlehrer", sagte ich. „Ich kenne die Mail."

„Genau! Unser IT-Mann hat herausgefunden, dass diese Mail von Milan Stasch kam, er hat sie an Lydia Krall geschickt zum Weiterleiten."

„Woher wissen Sie das?", fragte ich matt. Mir zitterten die Knie. „Könnte ich bitte einen Kaffee bekommen?", fragte ich.

„Ganz einfach, sein Fon lag im Schuppen, schmutzig, aber unbeschädigt; da, wo er Sie und Maxi festgesetzt hatte."

Der Kaffee schmeckte nicht besonders, tat aber seine Wirkung und regte meine grauen Zellen an. Ich gab dem Beamten mein Handy.

Onkel Werners Brief, ging es mir durch den Kopf, ich hätte es schon längst melden sollen. „Mein Onkel hat mir vor seinem Tod einen Brief geschrieben, den ich erst vor kurzem bekommen habe. Darin steht, dass mein Vetter Patrick mit richtigem Namen Milan Stasch hieß."

Die Beamten horchten auf. „Ihr Vetter hieß gar nicht Patrick?"

Ich breitete die Geschichte aus, wie sie mir Onkel Werner berichtet hatte. „Ich hatte keinen Kontakt mehr zu Patrick, seit er von zu Hause weg gegangen ist. Ich wäre nie auf die Idee gekommen, dass er mir solche kaputten Mails schreibt. Auch jetzt ist es mir immer noch unklar, warum er mir nach so langer Zeit – es sind ja über 30 Jahre – aufgelauert und mich verfolgt hat. Und meine Pflegetochter vergewaltigt hat. Ich glaube, es hat auf dem Leierhof kurz vor unserem Auszug angefangen. Ich hatte das Gefühl, dass mich jemand beim Reiten beobachtet, konnte aber niemand sehen. Jetzt weiß ich, dass er es war, er hat mich schon damals im Visier gehabt."

Der Beamte schaute mich mitfühlend an.

„Und mir ist noch etwas eingefallen – die Kunstpostkarten, Sie erinnern sich? Mein Vetter, also dieser Stasch, war in Nürnberg in der Lehre; dort hat er die Karten in einem Museumsshop gekauft – der Stich drückte genau das aus, was er sich für meinen Onkel Werner gewünscht hat: von einem heimtückischen Pferd zu Fall gebracht zu werden. Patrick hatte immer Angst vor Pferden; er hat es auch mir gewünscht, dass mich ein Pferd tritt, deshalb hat er mir auch die Karte geschickt. Aber Pferde sind nicht heimtückisch, so ein Gedanke entspringt nur einem kranken Menschen-Kopf. Ist das nicht scheußlich?"

„Familiengeschichten", sagte der Beamte, „sowas gibt es leider oft unter Geschwistern. Vor allem auch bei adoptierten Kindern. Der eine ist erfolgreich, der andere nicht – Konkurrenz, Neid, Eifersucht, wenn dann noch eine narzisstische Persönlichkeitsstörung bedingt durch Alkohol oder Drogen dazukommt, oder eine Lebenskrise, Trennung, Arbeitslosigkeit …"

Sein Kollege unterbrach ihn: „Es reicht, Toni! Wir wollen keine psychologischen Spekulationen anstellen, es gibt ein wichtigeres Problem, das wir zu lösen haben! Stasch wird nicht nur wegen Drogenhandels gesucht, es liegen auch Anzeigen wegen Kinderpornographie, unterlassenen Unterhaltszahlungen, schweren Raubes, Körperverletzung und jetzt auch Mord vor. Wir müssen ihn finden!"

„Und sexueller Missbrauch", sagte ich. „Er wollte Maxi vergewaltigen, doch sie hat sich gewehrt."

„Ihre Tochter ist unverletzt?", fragte der Beamte.

Ich nickte. „Aber der Hengst hat ihn mit dem Huf am Kopf getroffen. Fast wie auf dem alten Stich, nur dass er selbst schuld daran war. Er ist getürmt, ich glaube nicht, dass er weit gekommen ist."

„Wir haben eine Fahndung eingeleitet, bisher ohne Ergebnis. Wohin könnte er geflohen sein?"

„Ich glaube, er ist tot", sagte ich. Es war ein Bauchgefühl, von der Unke gesendet. Oder von Onkel Werner, denn im selben Augenblick stand das Bild der verwunschenen Weinberghütte vor meinen Augen: „Ich glaube, ich weiß wo. Joey kann Sie zu dem Versteck führen", sagte ich.

Am nächsten Tag fanden sie ihn. Er musste schon eine ganze Weile in der Hütte gelegen haben; die Leiche wurde in das Leichenschauhaus der Gerichtsmedizin in Darmstadt überführt, und die Beamten baten mich, ihn zu identifizieren. Ich lehnte ab. Ich hatte ihn das letzte Mal gesehen, als ich vier Jahre alt war und er 14 – ich hätte ihn bestimmt nicht wiedererkannt.

In den folgenden Nächten wurde ich von Alpträumen geplagt. Einmal fand ich mich in einer Räucherkammer eingesperrt. Es war dunkel um mich herum, eine tiefe Stimme rief: ‚Ich rieche, rieche Menschenfleisch', niemand hörte mein Schreien, mein Würgen und Husten, ich meinte zu ersticken und wachte schweißgebadet auf. Dann wieder musste ich in ein enges Fuchsloch kriechen, immer weiter in den Berg hinein und jemand rief: Du schaffst es, Prinzessin! Und ein hämisches, raues Lachen. Am schlimmsten waren die Messingklöppel, die über meinem Kopf schwebten und wieder das hämische Lachen, das sich an meiner Angst weidete. Z wie Zorro, rief ich, Zorro, Zorro. Meine Schreie riefen die Mutter herbei, doch sie schimpfte mich aus und sagte, ich solle den Mund halten, was sollten die Nachbarn denken. Ich wälzte mich von einer Seite auf die andere, bis ich mich entschloss den Traum nicht weiter zu träumen und aufzuwachen. Und doch klangen die Traumbilder in mir nach. Mit allen war Patrick verbunden, das fühlte ich, ohne sagen zu können, warum. Irgendetwas musste ich diesem Jungen angetan haben, dass er mich so hasste, es konnte doch gar nicht anders sein. Mich quälte die Frage, warum er mich bis in meine Erwachsenträume hinein verfolgte und ich fand keine schlüssige Antwort.

Am zweiten Tag setzte sich Joey zu mir unter den Apfelbaum. Er berichtete, wie sie Patrick, nein – Milan – gefunden hatten. In Onkel Werners Hütte, an das Sofa gelehnt, eine Spritze im Arm. Auch ihn hatte Shogun nicht tödlich verletzt, Milan hatte sich selbst den goldenen Schuss gesetzt. Seine Kleider hingen wie Lumpen an ihm, seine Haare klebten an seinem Schädel; in der Hütte roch es nach Pisse, es sah aus wie nach einem Kampf, er musste in einem Wutanfall alles kurz und klein geschlagen haben. Ich hielt mir die Ohren zu, wollte nichts mehr hören und sehen. „Wo ist Maxi", fragte Joey. „Ich lasse euch den Käpt'n da", sagte er und ging ins Haus um Maxi zu suchen. Ich war ihm dankbar, dass er nicht versucht hatte, mich aufzumuntern, und mir keine guten Ratschläge gab, was ich tun sollte.

Janic musste das Identifizieren der Leiche übernehmen. Er erkannte ihn zweifelsfrei, es war Milan Stasch, der Mörder, Drogendealer, Pferdehasser, Kinderpornograph, Milan, der vor langer Zeit einmal Patrick genannt wurde und mein Vetter war. Wir hätten erleichtert sein können, doch die dunklen Ereignisse bedrängten uns weiter.

Maxi schlich um mich herum, sie hatte etwas auf dem Herzen und wusste nicht, wie sie es herausbringen sollte. Sie setzte sich zu mir, nahm meine Hand und sagte: „Es gibt noch eine Geschichte, die ich dir noch nicht erzählt habe. Vielleicht hilft sie dir, keine Ahnung. Du kannst sie glauben oder nicht", setzte sie hinzu. Mein Bedarf an Geschichten war fürs erste gedeckt und doch war ich neugierig. „Fang schon an", sagte ich.

„Dort in der Hütte, mit Milan – er hat mir die Ohren vollgeheult von einer Prinzessin, die sein Leben verpfuscht hat. Ich habe versucht nicht hinzuhören, was gingen mich seine Geschichten an, aber er hat geredet und geredet. Er war betrunken, hat gelallt, gesabbert, geröchelt. Die Prinzessin hat ihn verpfiffen. Welche Prinzessin, habe ich gefragt. Du, Vera, bist die Prinzessin, hat er gesagt und ich bin mit schuld. Du, Vera, hast verraten, dass ich den Scheißer an einen Baum gefesselt habe. Eine gerechte Strafe, hat er gesagt, verdient hat er sie, der Scheißer. Und ich: Was soll das, ich versteh nicht, was du sagst. Er hat immer weiter gesabbert und ich hab mir die Ohren zugehalten und er hat mich geschlagen. Ich wusste nicht, worum es ging. Du bist doch auch gekauft – nicht ihr Kind, hat er gesagt – überleg mal, wenn sie dich rauswirft aus deinem gemachten Nest? Mein Leben war verpfuscht, und immer so weiter, so ein Zeug hat er an mich ran gequatscht."

Zorro, dachte ich, ich habe dich bewundert und voller Stolz meiner Mutter berichtet, dass du dich für die Gerechtigkeit auf Erden einsetzt. Und keine Angst hast und die Schuldigen bestrafst. Du hast mir alles erzählt, abends wenn ich im Bett lag. Ich habe es für ein Märchen gehalten, und du warst der Held. Patrick mein Held.

Ich saß da wie versteinert. Maxi drückte meine Hand." Nimm es nicht so schwer, Vera, ich weiß doch, dass du mich lieb hast. Und ich dich auch."

Die nächsten Tage verbachte ich in einer Art Trance, wie in Watte gepackt. Ich schaute mir den pfirsischgelben Himmel an, wie er sich in rosa und dann in himmelblaue Streifen auflöste, döste die meiste Zeit unter dem Apfelbaum, neben mir den Käpt'n, den Joey bei mir geparkt hatte, weil er sich um die Pferde kümmern musste. Doch der wahre Grund war, dass er sich Sorgen um mich machte. Von unserem Quälgeist ging keine Gefahr mehr aus, doch nun kämpfte ich mit seinen Schatten. Und mit meinen. Nemo blieb an meiner Seite, drehte nur manchmal eine Runde durch den Garten, naschte an den grünen Pflänzchen, die inzwischen zu einer stattlichen Größe heran gewachsen waren und legte sich dann wohlig seufzend neben mich.

Maxi versorgte mich abwechselnd mit ‚indisch', ‚chinesisch' oder mit ihren gezauberten Spaghetti, die sie mit unserer

Petersilie garnierte. Früher hatte sie immer dann gekocht, wenn sie ihre Tage hatte, aber der Hausarrest hatte ihre Gewohnheiten verändert. Wenn sie nicht kochte oder die Küche aufräumte, arbeitete sie im ‚Heimoffice', wie sie sagte. Sie recherchierte hauptsächlich geographische Themen, interessierte sich für die Rocky Mountains, Colorado und Wyoming. Statt des Turk Rocks tönten aus ihrem Zimmer Songs, die ich aus meiner Jugend kannte ‚Colorado Rocky Mountains High' von John Denver und immer wieder: ‚I'm leaving on a jet plane'. Ich nahm die Geräusche um mich herum wahr, ohne sie zu beurteilen, ließ meine frühe Kindheit an mir vorbeiziehen, ohne den Versuch zu machen, die Erlebnisse festzuhalten oder zu beurteilen. Es war, als löse sich alles Bedrängende in der milden Luft auf, die seit ein paar Tagen nach Herbst roch. Manchmal hörte ich von Ferne meinen Onkel Werner, wie er mir zurief. ‚Als fort, weiter!' Die Erinnerungen blieben, die guten und die bösen, doch sie bedrängten mich nicht mehr.

Es war, als löse sich eine schwere Last von mir. Nach drei Tagen verließen mich auch die Alpträume. Ich suchte das Foto von mir und Patrick heraus, zerriss es in vier Teile, legte sie in einen Zinnteller und zündete sie an. Maxi kam dazu, als die Flammen, vom Wind angefacht, überraschend hoch züngelten. Geistesgegenwärtig schüttete sie ihre halbvolle Literflasche Coke über dem Teller aus. „Mit dem Kerl sind wir fertig, richtig?", sagte sie.

„Ja", sagte ich. „Es wurde Zeit!"

„Darf ich jetzt wieder zu Perle?", fragte sie.

Sie durfte. Vier Wochen vor den großen Sommerferien wurde Maxis Hausarrest aufgehoben. Als der Bescheid ins Haus flatterte, schien sie kein bisschen überrascht. „Das hat mir Joey schon angekündigt!", sagte sie überglücklich. „Der Täter wurde ja gefunden, Janic war sein Gehilfe, er hat mich angestiftet, mitzumachen. Mich so weit gebracht, dass ich den Polizisten gesagt habe, ich hätte den Draht gespannt. Weil – mir könnte ja nichts passieren – du weißt ja warum. Kannst du dir das vorstellen? Ich hab es für ihn getan – für diesen Mistkerl! Na ja, und für Perle natürlich. Er hatte mich richtig am Haken. Ich bin ja noch nicht 14, das hat er gewusst.", sagte sie. „Und immer noch ein Kind."

„Aber nicht mehr lange", sagte ich.

„Stimmt! Und weil ich mich im Hausarrest so anständig verhalten habe, und ich eine gute Mutter mit festem Wohnsitz habe, brauche ich nicht ins Heim. Und ich habe in dem halben Jahr so viel gelernt wie in den ganzen Jahren vorher nicht. Und jetzt kommen noch ein paar Klassenarbeiten und nächstes Jahr habe ich die Mittlere Reife."

„Gelernt? Was denn?" Ich fürchtete, sie würde wieder von Perle anfangen und wie wunderbar sie gelernt hatte, sie zu reiten, doch sie schüttelte den Kopf: „Nicht was du vielleicht meinst, Vera. Ich habe gelernt ..."

Ich wartete gespannt. Maxi schaute vor sich hin, schluckte, kämpfte mit den Tränen.

„Ich wollte, ich würde nicht immer alles erst verstehen, wenn es vorbei ist", sagte sie.

„Was ist vorbei?"

„Ja! Dass ich wunderbare Eltern habe – ich meine – wunderbare Eltern hatte – nein, ich meine hätte – wenn ihr nur wieder …"

„Jetzt versteh ich gar nichts mehr", sagte ich.

„Dann versuch ich's mal anders", sagte sie. „Gerson arbeitet in Colorado auf einer Working Ranch. Er hat mich eingeladen. Ich könnte dort den Cowboys helfen."

„Und wie willst du das Flugticket bezahlen?"

„Ach Vera, das ist nicht das Problem – er streckt es mir vor und ich könnte dort arbeiten, es mir zusammensparen und abbezahlen. Oder?"

„Was ist es dann?"

„Es liegt ja nicht an mir – vielleicht ist es ja so: Wenn man was verstanden hat, dann kann man auch was ändern."

„Sag schon! Was?"

„Ihr sollt wieder zusammen kommen, dann sollt ihr mich adoptieren und dann können wir alle zusammen nach Colorado und den Cowboys helfen. Gerson macht Fotos, du schreibst Geschichten und ich mache beim Branding mit und helfe beim Impfen." Sie schwieg eine Weile, betrachtete ihre schwarz lackierten Fingernägel, dann sagte sie. „Der Spruch auf deiner Website, Vera, du weißt schon?"

„Er steht immer noch da! Ich wollte ihn schon längst löschen. Hast du einen besseren?"

„Keine Ahnung, ich habe drüber nachgedacht, alles, was wir erlebt haben – ist es nicht so, dass es heißen müsste: ‚Nichts folgt notwendig aus etwas anderem'?"

„Du meinst, wir könnten die Geschichte auch ganz anders erzählen?"

„Wenn wir wollten, schon."

An Maxis 14. Geburtstag, dem 15. Oktober, flatterte mir eine Vorladung aufs Notariat ins Haus. Wir hatten den Vormittag zusammen mit Perle und Alles Paletti, die sich gut vertrugen, wenn Perle nicht gerade rossig war, mit einem Picknick auf der Koppel verbracht. Zwei Tage vorher hatte ich mein Bankkonto angeschaut und unwillkürlich nach meiner Lesebrille gegriffen. Unter meinen Einkünften stand ein Eintrag über 1000 Euro. Eine Überweisung von Lydia, ohne dass ich eine Rechnung ausgestellt hatte. Sie hatte den doppelten Betrag überwiesen, den ich von ihr haben wollte! Niemals wäre ich auf die Idee gekommen, so viel für eine Geschichte von eineinhalb Seiten zu fordern. Natürlich konnte ich das Geld gut gebrauchen und beschloss, es sofort auszugeben. Ich fuhr in unser Reitsportgeschäft und kaufte das Navajo Pad, das sich Maxi schon lange für Alles Paletti gewünscht hatte. Mit indianischen Muster verziert und mit Lederstreifen abgesteppt. Am Geburtstagsmorgen buk ich eine vegane Buchweizen-Johannisbeer-Schokotorte mit einer großen roten 14 obendrauf. Joey und der Käpt'n schauten vorbei und gratulierten. Joey wollte sich die Schabracke gleich für Shoguns erste Show ausleihen. Noch mehr aber bewunderte er die Schokotorte, von der er gleich zwei Stücke vertilgte. Es war ein goldener Oktobertag und irgendwas lag deutlich fühlbar in der klaren, blauen Herbstluft. Auf einmal war alles so schön und harmonisch, dass ich in Erzähllaune geriet und einen Traum zum Besten gab: *„Ich will in einem großen Auto, einer Limousine, einen Weg hinauffahren, den ich gut kenne. Auf einmal wird der Weg steil und schotterig, der Wagen holpert weiter, ich gebe Gas, es ist nicht mehr weit.*

Oben angekommen ist der Weg von vier Pflöcken versperrt, die vorher nicht da waren. Ich kann nicht abbiegen. Doch da sehe ich, dass zwei der Pflöcke ziemlich weit auseinanderstehen, dass meine Limousine gerade noch hindurch passt. Ich lege den Gang ein, gebe Gas, und in diesem Moment wache ich auf."

„Und, bist du durchgekommen?", fragte Maxi.

„Ich glaube schon", sagte ich.

Ich schrieb, dass ich mich freuen würde mehr von ihr zu hören und deutete an, dass bei uns allmählich wieder ruhigere Zeiten anbrachen. Schon am nächsten Tag erhielt ich ihre Antwort, die mich einmal mehr überraschte, viel mehr als ihre fürstliche Honorarzahlung.

„Hallo Vera", schrieb sie, „ich bin hier in Sri Lanka. Deine Geschichte hat mir keine Ruhe gelassen, habe mich zwei Tage lang gequält, fühlte mich wütend, weil ich sie nicht verstand, bin durch alle Höllen gegangen, habe plötzlich alles, was ich in meinem Leben getan habe von außen gesehen, die hohlen, leeren Köpfe, meine Verkleidungen, meine Illusion eine gute Reiterin zu sein – alles ist in sich zusammengefallen. Was will sie mir sagen? *Da kam der Wolf und sagte zu der Mutter: Schöne Frau, gib mir dein Kind, dann will ich dir ewige Schönheit bringen.* Dieser Satz ging mir nicht mehr aus dem Sinn. Wer ist der Wolf? Und wer die Frau? Die Frau bin ich, dachte ich mir – aber der Wolf? Zuerst wollte ich nicht an meine Tochter denken, versuchte immer wieder, das Bild zu verdrängen, wie sie ins Feuer stürzte. Das war es, was ich dir nicht erzählt habe, du hast es gespürt. Weil Milan nicht mehr aufgetaucht ist, hatte ich keinen Stoff mehr, kein Pülverchen, das mich in meine rosa Traumwelt versetzte. Gut so, dachte ich. Schluss damit, mein Kopf hing nicht mehr in den Wolken. Diesmal wollte ich clean bleiben, habe mich gesträubt, nicht mal Alkohol. Ich ging durch die Hölle; eines Morgens wachte ich auf, der Wolf stand vor mir mit seiner wutverzerrten Fratze und seinen roten Augen und ich wusste plötzlich, wer er war: Mein Schönheitswahn, das Zerrbild meines Strebens nach Schönheit und Jugend, dem ich alles geopfert hätte. Und beinah auch geopfert hatte. Meine Tochter Limona, ich habe sie ins Feuer gestoßen.

Ich war verzweifelt, machte mir Vorwürfe, wünschte, ich könnte nicht alles erst verstehen, wenn es vorbei ist, und fiel in ein tiefes Loch. Bis mir bewusst wurde, dass ich etwas tun konnte. Und nun bin ich hier bei Limona, die so schön ist wie kein anderes Kind. Die ich jetzt so annehmen kann, wie sie ist, bedingungslos. Sie lebt bei ihrem Vater; ich darf die beiden besuchen, wir verbringen viel Zeit miteinander, lernen uns kennen und Limona verliert allmählich ihre Scheu vor mir.

Doch genug! Liebe Vera, ich danke dir von Herzen. Vielleicht verstehst du jetzt, warum ich dir das Honorar überwiesen habe. Glaub mir, es war nicht zu viel. Ich habe deinen Namen weitergegeben, deine Begabung soll auch anderen Menschen weiterhelfen. Ich wünsche dir Glück auf deinem weiteren Lebensweg, dir und Maxi, Joey und den Pferden, Lydia."

Western pleasure

„Lass ihn galoppieren, Vera!" Ich musste nichts tun, ließ mich von meinem Pferd tragen, breitete die Arme aus und begann zu fliegen. Wir galoppierten, als atmeten wir mit dem Wind. Alles war möglich, ich konnte weiterreiten, bis in den Himmel und darüber hinaus.

„Whoa! Stopp!" Ich streckte die Beine nach vorn, oder dachte ich es nur? Alles Paletti wölbte den Rücken, setzte die Hinterhand unter, nahm den Kopf tief und stand.

„Nice! Und jetzt den Rollback!" Noch einmal angaloppieren, dann auf die Mittellinie abwenden, Beine ausstrecken, stoppen und aus der Stoppbewegung heraus eine 180°-Drehung um die Hinterhand. Dann auf der anderen Hand weiter. Der Rollback gelang uns spielend. Eine neue, unbekannte Leichtigkeit erfasste mich. Dann kam das Drehen – ich ließ mir Zeit, drehte mein Pferd um das innere Bein, lenkte mit beiden Händen, wir fanden unseren Rhythmus und auch der Spin gelang.

„Very nice. Lass die Zügel lang, nichts mehr machen." Joey hob beide Daumen in die Höhe, schien plötzlich merkwürdig abgelenkt, schaute in Richtung Halleneingang. Erst jetzt nahm ich wahr, dass uns jemand zugeschaut hatte; eine Reiterin in Jeans und Stetson, die begeistert in die Hände klatschte. Ich hatte sie noch nie gesehen, auch nicht ihren Apalosa, der gesattelt neben ihr stand. Eine der neuen Einstellerinnen wahrscheinlich? Joey verschwand aus der Halle, ich hörte ihn sagen: „Bin gleich wieder da, Cindu, dann reiten wir die Aufgabe für die Show." Joey wollte mit AP und Shogun auf der Deutschen Meisterschaft in Kreuth starten. Von der jungen Reiterin hatte er mir nichts gesagt. Cindu? Natürlich – jetzt fiel es mir ein – sie bot die Pferde-Kurse für Manager an – die beiden hatten sich zusammengetan!

Vor einem Jahr waren Joey und ich mit unseren Pferden – Alles Paletti, Shogun, Perle, Cloud und Storm – auf Onkel Werners Hof umgezogen. Mein Onkel hatte mir ein stattliches Anwesen vererbt, von dem ich nicht einmal zu träumen gewagt hätte – Bauernhaus, Reithalle, Stall, Koppeln, und Joey hatte sich sofort ans Renovieren gemacht. Ich hatte ihm das Anwesen verpachtet, unter der Bedingung, dass er mit dem Käpt'n in das Haus einzöge. Innerhalb kurzer Zeit war der Hof zu einem beliebten Trainingszentrum für Westernreiten geworden und Joey hatte noch ein paar Boxen anbauen müssen. Für Westernreiterinnen müsste ich sagen, denn Joey zog vor allem pferdebegeisterte Frauen an.

Mit der Immobilie und dem Grundstück kam ein dickes Sparbuch; Onkel Werner war kein armer Schlucker gewesen. Wie viele wirklich reiche Leute hatte er seinen Reichtum nicht protzig vor sich hergetragen. Mit einem Schlag waren wir aus unseren Geldsorgen heraus. Maxi bestand darauf, dass wir Nine wieder nach Hause holten und ich stimmte freudig zu. Marianne erbte den Weinberg, restaurierte die Hütte und lud uns an einem lauen Sommerabend zu einem Onkel-Werner-Gedächtnisumtrunk ein. „Ich glaube, Dein Onkel hätte sich gefreut, wenn du die Urne mitbringst." Doch stattdessen kaufte ich ein paar Flaschen Riesling und schmierte Butterbrezeln. Wir blieben beisammen, bis die Sonne unterging. Marianne gab eines seiner Gedichte zum Besten. Wir prosteten uns in eine Onkel Werners Gedächtnisstimmung und es gelang uns, keine Traurigkeit aufkommen zu lassen.

Maxi brach nach der Mittleren Reife nach Colorado auf und schrieb regelmäßig Blogs über ihr Leben als Ranchhand auf der Aspen Canyon Ranch in Colorado, die Gerson mit wunderschönen Fotos aus den Rockies garnierte. Sie stellten sie ins Netz, nannten die Blogs ‚Western pleasure' und bekamen jede Menge Likes und immer mehr Follower. Maxi hatte ein Medium für ihre Geschichten gefunden.

Ich blieb in meinem Gartenhäuschen wohnen, grub das Marihuana Beet um, zweigte mir nur eine kleine Pflanze im Blumentopf ab, säte Petersilie und schrieb Geschichten für reiche Leute, die mir Lydia vermittelte. Mein Kundinnenkreis erweiterte sich bis nach Sri Lanka, mein Bankkonto ebenfalls. Das Flugticket nach Denver hatte ich schon gebucht. Gerson und Maxi hatten mir versprochen, mich vom Flughafen im Ranch-Pickup abzuholen.

Manchmal, wenn ich mir unter dem Apfelbaum eine kleine Pause gönnte, ließ ich meine Gedanken schweifen, zum Anfang des Mörderischen Rollbacks. Es war eine mörderische Geschichte gewesen und ich wunderte mich, wie gut ich aus all dem Schlamassel herausgekommen war. Der Spruch von David Lynch auf meiner Website schien den Leuten zu gefallen, er hatte ja auch Lydia angezogen, und meinen Erfolg verursacht. Im Rückblick erschien es mir, als hinge tatsächlich alles mit allem irgendwie zusammen, deshalb hatte ich die Sentenz auf meiner Homepage stehen lassen. Manchmal ging es mir jedoch wie Maxi, die einen bemerkenswerten Ausspruch getan hatte, als sie noch ein Kind war: „Ich wünschte, ich würde nicht alles erst verstehen, wenn es vorbei ist."

Auch Lydia hatte ihn gebraucht, keine Ahnung, wer da wen zitiert hatte. Allerdings musste ich mir eingestehen, dass ich manches immer noch nicht verstand – wie leicht es war, Alles Paletti zu drehen, dass wir den Rollback einfach ritten und dass er genau in dem Augenblick stehen blieb, wenn ich an stopp dachte. Und dann dachte ich, ob dieses Ende nicht ein bisschen zu schön und zu gut, vielleicht sogar ein bisschen zu kitschig für eine Geschichte war, die Mörderischer Rollback hieß. Doch dann fiel mir ein, dass aus der hässlichen Unke eine Geschichte über Schönheit geworden war, auch das hätte ich niemals vorhersehen können. Und ich sagte mir, dass es am Ende so hatte kommen müssen, wenn das Zitat von David Lynch stimmte. Es war das Ende, weil es gut war. Meistens nickte ich dann ein wenig ein und beim Aufwachen hörte ich meinen Onkel Werner rufen: „Als fort, weiter."

Danksagung

Mein Dank gilt den Western-Pferden Fritzi, Dancer und Ramstein, die mir meine Freude am Reiten erhalten haben. Und Jörn Tönsmann, der mir mit unendlicher Geduld beigebracht hat, die „Krawatte" zu schlingen und die langen Zügel in der Hand zu behalten.

Wie immer war mein Mann Hans-Jürgen Pirner mein allererster, kritischer Leser. Meine Freundinnen Gerhild Michel und Renate Herrling haben das Manuskript in einem frühen Stadium gelesen und mich auf viele Holpersteine aufmerksam gemacht. Alle übriggebliebenen Fehler gehen einzig und allein auf meine Rechnung.

Die Autorin

Die Autorin: Heide-Marie Lauterer, passionierte Reiterin und Pferdebesitzerin kennt sich aus in den Höhen und Tiefen des Reiterlebens.

Mit der Krimiserie „Mörderischer Galopp", „Mörderische Liebe" und „Mörderisches Schicksal" landete sie einen Hit. In „Mörderischer Rollback" erobert Vera Roth mit ihrem jungen Hengst Alles Paletti die Westernszene und ist einem grausamen Verbrechen auf der Spur.

www.heide-marie-lauterer.de
www.facebook.com/
heidemarie.lauterer

Heide-Marie Lauterer
Mörderischer Galopp

Ein Krimi aus dem mörderischen Reitstall-Alltag, unterhaltsam, humorvoll, gnadenlos.

www.spiritbooks.de

Heide-Marie Lauterer
Mörderische Liebe

Im fesselnden zweiten Band ist Vera Roth wieder einem Verbrechen in der Reiterwelt auf der Spur.

www.spiritbooks.de

Heide-Marie Lauterer
Mörderisches Schicksal

Nine, Vera Roths geliebte Stute kommt zurück auf den Leierhof, doch bald schon ziehen dunkle Schatten auf.

www.spiritbooks.de

Heide-Marie Lauterer
Das Klassentreffen

Seit ihre ehemaligen Klassenkameraden nach dreißig Jahren wieder aus der Vergangenheit aufgetaucht sind, scheinen sich Helenas Lebensträume zu erfüllen. Bis zum Tag des Klassentreffens, dem Tag der Abrechnung, an dem ein sehr gut gehütetes Geheimnis ans Licht kommt ...

www.spiritbooks.de

Ulrike Dietmann
Das Medizinpferd – Band I Einweihung

Valerie erlebt unter den Nachkommen von Indianern eine spirituelle Einweihung in eine unbekannte Wirklichkeit und lernt die besonderen Fähigkeiten der Pferde kennen ...

www.spiritbooks.de

Ulrike Dietmann
Das Medizinpferd – Band II Unbreak my Heart

Valerie verliebt sich in den Halbindianer Tom und muss sich mit ihrer tiefen Angst, verlassen zu werden, konfrontieren. Bei den Pferden findet Valerie unerwartete Kraft und einen Weg der Befreiung.

www.spiritbooks.de

Shelley Rosenberg
Meine Pferde, meine Heiler

Lesen Sie die bewegende Autobiografie
der Grand-Prix-Reiterin Shelley Rosenberg
mit einem Vorwort von Linda Kohanov.

www.spiritbooks.de

Ute Wilhelms
Hautnah

In ihrem Buch schildert die Reittherapeutin
Ute Wilhelms authentisch und einfühlsam
die Arbeit mit psychiatrischen Patienten.
Anhand vieler Fallbeispiele zeigt sie wie
Pferde verletzte Seelen heilen.

www.spiritbooks.de

Ulrike Dietmann
Heldenreise ins Herz des Autors

Finde heraus, was deine Autorenseele
im Innersten bewegt. Elf Schritte führen dich
auf einer Heldenreise zu deinem kreativen
Selbst, zur Quelle deiner Inspiration,
zu authentischen Gefühlen und deiner
persönlichen Ausdruckskraft.

www.spiritbooks.de

Waltraud R. Schögler
Der wahre Reitlehrer ist das Pferd

Die Autorin lebt und arbeitet mit ihren Islandpferden im Chiemgau. Sie beschreibt die ganzheitliche Sichtweise und Vermittlung von Begegnungen zwischen Menschen und Pferden.

www.spiritbooks.de

Katina Koch
Die Liebe, die sie schenken

Pferd und Mensch in Beziehung.
Für Menschen, die in ihrer Beziehung zum Pferd besondere Momente erleben. Mit über 100 Fotos, die berühren und das Glück des Augenblicks schenken.

www.spiritbooks.de

Ute Wilhelms
Kentaur-Spirit

Ute Wilhelms, Reittherapeutin, Pflegedienstleitung und Mit-Inhaberin des ambulanten psychiatrischen Fachpflegedienstes Kentaurus, lädt uns ein in eine tiefe Verbindung mit der seelischen Kraft der Tiere. Sie schildert auf sehr authentische und emotionale Weise die Arbeit mit Menschen, die sich ihr und ihre Pferden anvertrauen.

www.spiritbooks.de